FAIRY·TALES·BY·HANS CHRISTIAN·ANDERSEN

安徒生① 故事選

—— 冰雪女王 及 其他故事 ——

ILLUSTRATED BY HARRY CLARKE

名家插畫版

安徒生——原著

哈利·克拉克——繪圖

劉夏泱——編譯

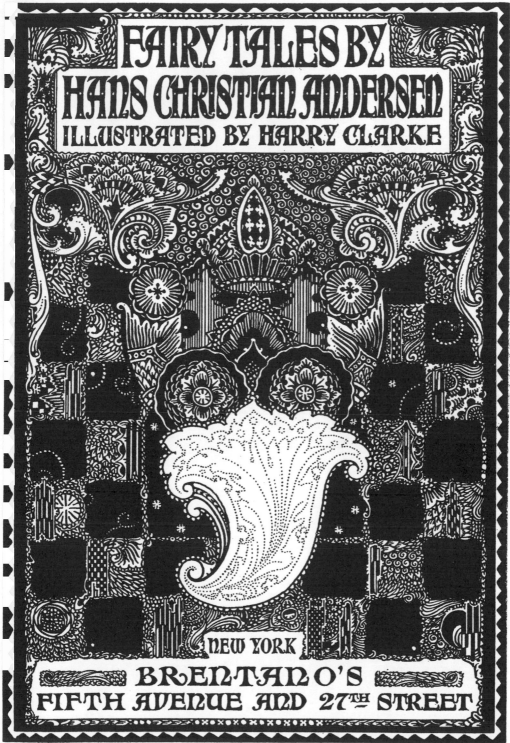

FAIRY TALES BY
HANS CHRISTIAN ANDERSEN
ILLUSTRATED BY HARRY CLARKE

NEW YORK
BRENTANO'S
FIFTH AVENUE AND 27TH STREET

H.C

本圖為 1916 年初版的書名頁

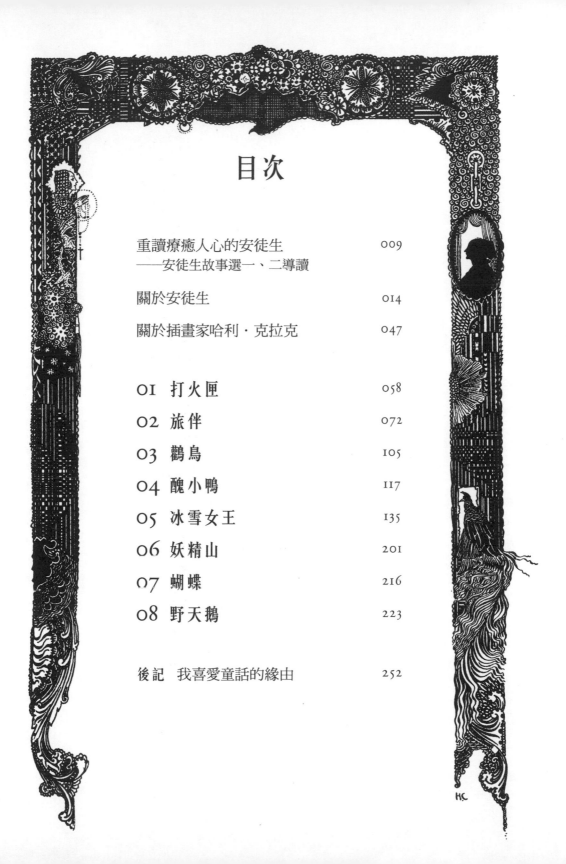

目次

插圖目次

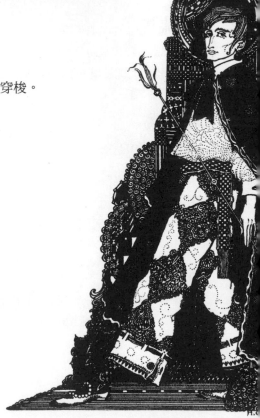

重讀療癒人心的安徒生

安徒生故事選一、二導讀

　　童話的情節往往給人的印象是，在百花盛開的溫室裡醉生夢死；但是安徒生（Hans Christian Andersen）的童話卻總是給人不同的感受：在他的故事裡，許多字句如刀，刀刀刺骨，就像在危機四伏的黑夜裡枕戈待旦一般。他不僅嘗試了各種體裁，還以非比尋常的敘述方式，處理各種社會和心理的主題。他還是一個自我嘲諷的大師，經常使用第一人稱的敘事，嘲笑自己，也嘲笑那些自負的人，藉由講述故事來揭示這種自命不凡的可笑。在他的童話世界裡，不光是只有那些絢爛奪目、甜美得醉人的東西，也有不少令人驚怖的事物。好比那嬌嫩纖細的拇指姑娘，忽然遭到醜陋的母蟾蜍擄走；在逃脫後，轉眼間又被任性的金龜子挾持了去；母田鼠和鼴鼠則是想用另一種方式掌控拇指姑娘的命運。他的那些故事不再依循從前的童話套路了；前方等待著主人公的，也未必總是永遠幸福的結局了。

　　現實生活和人性的種種面向都帶著重力，那些魔咒、交換、

懲罰或死亡，都不再輕如粉紅色的泡沫。它們投射出某些巨大的幻影，就像是〈冰雪女王〉中歌爾妲從牆面上看見的那些倏忽閃動的「夢影」，它們在夜晚時降臨，把人的思想帶出去遊獵一番。夢境雖然沙沙地掠了過去，卻不禁讓人眼花撩亂，而且像是隨時都要坍塌那般。不論在夢中或是夢醒之後的結果會是什麼，都讓人無法確定了。就如〈沼澤王的女兒〉中的黑爾嘉，在白天儘管外表柔美，內心卻野蠻而殘酷；當夜色昏沉，她便收縮成一隻青蛙的形狀，安靜而悲戚。這該是多麼大的諷刺呢。到底，哪一個才是真正的黑爾嘉？或許，這兩者都是，又或許都不是。因為安徒生更想說的似乎是，只有表面和內在經過某種特殊的轉化，只有當這兩者真正合而為一時，黑爾嘉才能成為真正的自己——我們，才成為真正的自己。

安徒生在某些故事裡非常強調宗教的力量，某些故事又太流於感傷和悲情。無論如何，他確實是將自己深深地拋進故事所揭露的各種問題裡，而且並不總是用理性的方式去探索答案。在許多短篇童話裡，書中人物在他的筆鋒下，往往置身於生死攸關、步步驚心的危機之中。他總是嘗試從不同的角度寫作、使用不同的體裁、嘗試借鑑其他作家的表現形式和思想，並將自己的人生經驗嵌進敘事裡。或許我們可以說，甜美的童話總能給人一夜

好眠，心中歡暢；但安徒生童話的情節和結局卻總是把讀者割傷和噎住，就像夜鶯那撩人心魂的音樂乍然闖入了人們的黑夜或白晝。

人們對這位生平飽受折磨的作家，他的親身經歷和內心狀態，還有他孜孜不倦地進行的創造性實驗，往往所知有限。真實中的他，似乎試圖創造出能讓自己從現實生活中超脫的童話故事，藉此逃離痛苦。至於他是否成功地拯救了自己，總是一個值得商榷的問題；但是，他的確為我們留下了一些至今仍然令人驚奇的故事，甚至促使我們去思考關於人類生存意志的問題。他筆下的那些人物個個具有鮮明的性格，往往不願屈從強者的支配和命運的安排。他們不再只是童話舞台上，被整個故事佈局所操控的演員而已。雖然這些角色可能顯得弱小，但卻有著強大的意志，在屬於自己的劇本裡，釋放出無窮的威力和魅力，無論是拇指姑娘、歌爾妲或是〈野天鵝〉裡的艾麗莎。儘管她們的願望未必都獲得了滿足，卻無疑地演出了一場無與倫比的好戲。

有時，童話想讓人看見而且願意去相信這世界的美好；但安徒生的童話似乎是拋出了這樣的疑問：世界真的是那樣的嗎？如果不是，人們要如何才能獲得真正的幸福呢？隨著年紀增長，我們變得愈來愈能同意安徒生所考慮的那樣。即使尚未經歷過人世

間的貧窮病痛，沒有體驗過愛情的苦與樂，生活中也仍有許多無可奈何，讓人能從安徒生所描繪的種種得到新的領悟。幸福就在彼岸，而通往幸福的道路總是佈滿荊棘。

安徒生提供給這個破碎世界的治癒良方，有時並不是述說一個溫暖的故事，或者提供人一種暫時的歸宿感。他給的藥方似乎更為複雜：他既不希望人們只注意世界快樂的那一半，而過於天真樂觀；也不希望人們因為世界苦難的那一半，而變得老氣橫秋。因為他並沒有否定這世界的幸福美好，而只是想提醒我們要更加注意那內在的維度，所以堅持人們應該保有善良和回轉童真。正如他在〈冰雪女王〉裡借老奶奶之口所說的：「你們若不回轉變成小孩子，斷不得進天國。」如果人們因為看盡了世間的百態和實相，而變得世故和堅毅，那樣並不足以得到真正的幸福美好。大人從另一個意義來說，其實也常常是迷途的孩童。他們所習得和經歷的種種，容易成為一種無形的枷鎖，讓人變得固執古板、虛偽功利。要使天國的道路向這類的孩童敞開，就需要幫助他們喚醒心中原有的那份童真，憶起凱伊曾經忘卻的「永恆」的拼法。

掃煙囪工人和牧羊女逃離了自己原來的位置和命運，費盡辛苦爬到了煙囪的頂端。此時，天空佈滿了無數繁星，在他們的下

方，羅列著城裡千家萬戶的屋頂。他們遠遠地眺望著這個廣闊的大千世界。牧羊女承受不了那麼大的世界，於是她哭喊道：「這對我來說太多了。」並央求掃煙囪工人把她領回到原來的地方。這似乎是個出人意表的選擇。或許，他們應該勇敢地邁向茫茫的世界？這裡似乎未必存在所謂「正確」的選擇，就如同真正的人生那樣。或許，我們可以先在煙囪的頂端坐下，靜觀下方城裡千家萬戶的燈火？

　　本書的插畫來自傑出的愛爾蘭藝術家哈利‧克拉克（Harry Clarke）的插畫作品。克拉克是愛爾蘭藝術與工藝（Arts and Crafts Movement）的代表人物，同時，也是舉世聞名的書籍插畫家和彩繪玻璃藝術家。本書所翻譯的安徒生童話版本，則是由丹麥籍的作家暨演員尚‧荷斯霍特（Jean Hersholt）的英文譯本：《安徒生完整童話集》（The Complete Andersen，共六卷，1949年出版於紐約）。荷斯霍特出生於丹麥，後來移民美國，一九一三年開始成為好萊塢演員。他是安徒生童話故事各種版本的狂熱收藏家，還翻譯並出版了所有的安徒生童話故事和其他作品。他的這部安徒生童話英譯本文筆生動而流暢，敘事邏輯清晰，所以被許多人評價為英語世界最佳的譯本之一。

關於安徒生

安徒生的生平

　　經典童話故事作者安徒生，在一八○五年四月二日出生於丹麥的歐登塞市（Odense）。他的父親漢斯·安徒生（Hans Andersen Sr.）是一位自學讀書寫字的窮皮匠。母親安妮·瑪莉（Anne Marie Andersdatter）是一位洗衣婦，不識字，但十分熱中宗教信仰。安徒生從小就繼承了父親老安徒生對戲劇的熱愛。當他還是個男孩的時候，就和父親建造了一個小型木偶劇院，在那裡排演自己創作的戲劇。為了謀生，一八一二年，老安徒生靠著頂替另一個人，獲得了在丹麥軍隊裡服役的機會。當時的丹麥軍隊與法國的拿破崙結盟，聯手對抗以英國為首的反法同盟軍隊。後來，法國戰敗，丹麥也跟著成了戰敗國。老安徒生只在軍中服役兩年，就被遣散回家了；不久之後便得了重病，最後在一八一五年冬天離開了人世。在母親一八一八年改嫁之前，年幼的安徒生便在一家工廠工作，但家庭的經濟仍然未能得到改善。

一八一九年，安徒生十四歲，他受過的教育不多，但具有卓越的歌聲和表演天賦。他決定離開歐登塞前往哥本哈根，去尋求成為職業歌手、舞者或演員的機會。憑藉著才華、企圖心和一定的膽識，他獲得富有的贊助者為他安排的歌唱訓練課程和小額的津貼。一八二〇年，他加入了皇家劇院的合唱團，劇院的監督喬納斯·科林（Jonas Collin）把安徒生送到距離哥本哈根八十公里外的斯萊格斯（Slagelse），進入當地教會成立的私立中學就讀。據說，在這個學校學習的過程對安徒生來說很痛苦，不過他善用學校的圖書館，大量閱讀了許多著名詩人和作家的作品。由於當時他的超齡和高大身材在同學間顯得非常突兀，這可能啟發他後來寫下聞名世界的童話〈醜小鴨〉。他在一八二七年回到哥本哈根後，仍然與科林保持著良好的關係，經常做為上流社會家庭的座上賓，也成功地成為一個作家。他的第一首詩〈垂死的孩子〉發表於一八二七年，兩年之後，他以德國浪漫主義作家霍夫曼（E. H. A. Hoffmann，此人對他有很大的影響）的風格，出版了一本素描書《從霍爾門運河到阿邁耶東角的徒步之旅》（*Fodreise fra Holmens Canal til Østpynten af Amager i Aarene 1828 og 1829*），描繪他想像的各種奇幻景象。

在一八三三到一八三四年間，安徒生遊歷了法國、瑞士和

義大利等地。一八三五年，他出版了自己的第一部小說《即興創作》（*The Improvisatore*）。這是一部為了紀念亡母而寫的長篇自傳體小說。同年，他也開始寫作民間傳統裡的童話故事，並以《說給孩子們聽的故事》（*Eventyr, fortalte for Børn. Første Samling. Første Hefte.*）為書名出版，裡頭包括了〈豌豆公主〉和〈小克勞斯與大克勞斯〉。同年十二月，第二本童話故事也問世了，裡頭有〈拇指姑娘〉等故事。此後終其一生，他每隔一兩年就出版一本新的故事集。其中，最著名的有〈國王的新衣〉、〈堅定的錫兵〉、〈夜鶯〉和〈賣火柴的小女孩〉。他還出版了好幾本遊記、數十部戲劇、六部小說和三部自傳。

　　為了獲得寫作的靈感，安徒生既從傳統民間故事中汲取養分，也得益於同時代的其他作家。他個人的獨特風格，使那些兼具創造性和娛樂性的故事，吸引了大量的孩子和成年讀者獲得社會大眾的廣泛推崇，其中還包括丹麥國王——安徒生年紀輕輕就被授予一份皇室的年金。安徒生生前不僅成了國際知名的丹麥人，他所獲得的書籍版稅，也使他變得十分富有。另外，他還是一個熱愛旅行的人，經常到歐洲各地旅遊，最常造訪的是德國威瑪（Weimar）這座文化名城。一八七五年八月四日，七十一歲的安徒生在哥本哈根安詳地去世。

安徒生的真實面貌

　　早在出版商懂得如何精明地行銷自己旗下的作家，也早在華特・迪士尼知道如何將自己的名字打造成為國際品牌之前，安徒生就已經知道如何使自己出名、獲得成功了。在當時世俗的眼光看來，他不過是一個來自鄉下的男孩（甚至可說是個鄉巴佬），窮得像教堂裡的老鼠。

　　一八一九年，那時只有十四歲的安徒生，隻身來到哥本哈根，想闖出一點名堂。絕對沒有人料想得到，之後的他將成為十九世紀最重要的童話作家，甚至比德國的格林兄弟（Jacob and Wilhelm Grimm）還要有名。然而，據某些人透露，私底下的安徒生很討人厭，也是一個蹩腳的演員。他最大的願望就是寫劇本，並且企圖以此成名。儘管，他並沒有完全實現這個雄心壯志，但是，他確實成了一個非同凡響的童話作家。

　　安徒生用自己的故事來治療和紓解個人人生中的創傷和壓力。童話理論家傑克・柴普斯（Jack Zipes）就認為所有這一切，都導致了一種特殊人格的形成——他是十九世紀最有名的大話狂、自戀狂和憂鬱症患者。他以一貫的手法，把自己的生活寫成

了童話故事，從抵達哥本哈根那一刻起就成功地銷售了自己。若不了解他的生活現實和生存策略，就不可能真正掌握安徒生和他的童話故事。

但是，如果他在三部自傳中，都刻意地隱藏了許多重要的事實和事件的話，人們該如何才能認識真實的安徒生呢？如何才能將他非同尋常的自傳故事與他的生活連結起來，並且從不同層面、以不同方式進行解讀呢？安徒生似乎一向無視定義和分類，而欣賞他的故事的人，似乎也沒有了解他生平的必要。然而，由於他非常富有想像力地把自己編織進自己的敘事裡，而且，他的生活和那些故事的意義一向受到許多誤解；所以，在此嘗試去梳理那些關於他的謎題，並探究其故事如何形成，具有一定的意義的。如此一來，我們才可以更全面、更清晰地認識到他所克服的困難，以及他所取得的成功。

此外，認識到他的故事是如何多樣化也是重要的，因為它們並不都是關於他人生的童話故事；它們不都是為孩子所寫的，也並不總是有個快樂的結尾。安徒生的童話故事有一些不可解的地方令人困惑，這也讓我們懷疑，追求幸福與成功是否值得我們付出一切努力。

安徒生出生在歐登塞的一個貧窮人家，他的父母終生為貧

窮所困。安徒生對自己的貧窮出身和平庸外貌過於敏感，因而對自我的內在投射似乎還一直停留在男孩的狀態。七歲的時候，父母帶他到劇院看戲，一個新奇的世界在他眼前揭開了。從這一刻起，戲劇代表了一個光榮的自由王國，他希望能投入劇場舞台、成為一個偉大作家。

但是，他的生活中有很多艱難和困苦亟需克服：父親是一個既生病又傷殘的男人，從軍隊退役兩年後就去世了，母親則長期酗酒，青少年時期的安徒生經常為此而遭到其他同齡或較年長的同事羞辱。此外，他還深受患有精神錯亂的家人所困擾；並為在哥本哈根經營妓院的阿姨感到羞恥。年少時的創傷把他塑造成一個局外人的角色，這些無疑促使他放棄原本在歐登塞的生活，選擇發揮想像力為自己創造出一個演員或作家的角色。事實上，儘管教育程度並不高，他很早就表現出對閱讀和寫作的興趣，而且深信自己屬於別處──或許是想像中的皇室夫婦的兒子。顯然，他的想像力是豐富的，但他的動機和企圖心也同樣重要。

安徒生成為著名作家或演員的強烈渴望，驅策他去超越生活的貧困和低下的社會地位。一八一九年，十四歲的他說服母親允許他前往哥本哈根去追求自己的夢想。但是當他到了那裡，立即就面臨到生活的考驗──當時的哥本哈根是一個相對較小、只

在說故事給孩子聽。基本上，他只是把敘事者的語氣和風格，設定成像是在向小孩講故事一樣，而這些故事則充分地展現了他寫作短小敘述的非凡天賦。儘管他的小說和戲劇有時也受到好評，但以這些形式呈現的寫作顯然並不特別出色；他的小說、戲劇、甚至是詩歌，如果仔細閱讀的話，基本上是較為鬆散、傳統、傷感，而且以模仿居多，在現今幾乎是不可讀的。

　　然而，與此同時，他也遭逢了一些生活上的失意。他在一八三〇年向同學的妹妹莉葆·沃依特（Riborg Voigt）求婚，也在一八三二年向他最重要的贊助人科林的女兒路易絲·科林（Louise Collin）求婚，不過這兩位女子都拒絕了他。到了一八四三年，對瑞典著名的歌唱家珍妮·林德（Jenny Lind）也是如此。安徒生從來沒能獲得他在現實上所追求的幸福婚姻生活，因為他一直沒有完全被所謂的上流社會接受過，也因為男性對他同樣具有強烈的吸引力。他一生中大部分時間都愛著科林的兒子愛德華·科林（Edvard Collin）。從他的日記和文件顯示，他經常用女性化的方式來與其他男性接近，或者喜好年輕男性的陪伴。一些批評家認為，安徒生是一個不具有穩定交往關係的同性戀者，並終生隱匿了他的性傾向。另一些人則認為，安徒生可能是同性戀或雙性戀，但從來沒有過任何性關係；因為他痛苦地

害怕性行為的發生，擔心會患上性病，從而壓抑了自己的性渴望。無論是哪一種情況，他的日記和信件都顯示，無法實現性慾望讓他多麼困惑、沮喪，且備受折磨。安徒生的一生為偏頭痛、偏執狂和疑病症等精神衰弱症所苦，這些可能都與性壓抑有關。不失諷刺意味的是，所有這些痛苦必然也在他創作出西方文學最偉大童話故事的過程裡，發揮了重要的作用。

到了一八四〇年代，安徒生已經成為整個歐洲的知名人物了，他最膾炙人口的故事創作於這段時期，包括〈醜小鴨〉、〈夜鶯〉、〈冰雪女王〉和〈影子〉。到此時，安徒生已不再標榜自己的故事是寫給孩子的。他在他作品集的名稱中刪除了「說給孩子們聽的」這個詞，許多故事的情節也變得更加複雜。例如，〈影子〉是有意創作來描述安徒生所感受到的傷害和屈辱，因為他所愛的愛德華·科林終生拒絕用丹麥人表示親近的「你」（du）來稱呼他，而是透過使用正式禮貌的方式，稱「您」，與他保持一定的距離。安徒生揭示了這種關係所造成的疏離，讓他感受到怎樣的「陰影」，也反映出他對科林家的情感依賴和自身的偏執性格。

顯然是由於成年人的欣賞，安徒生在十九世紀四〇年代取得了巨大的成功。他的故事不僅受到廣泛的好評，他還在一八四六

年出版了一本正式的自傳《我人生的真實故事》（*Mit eget Eventyr uden Digtning*）；同年，他的童話作品首次被翻譯成英文。隔年，他計畫並安排了自己的第一次英格蘭之旅，在那裡他被視為名人接待。一八四八年，他出版了一部愛國小說《兩個男爵》（*De to Baronesser*），雖然在一八四八年至一八五一年丹麥與德國普魯士的衝突中，他選擇捍衛丹麥對施勒蘇益格—荷爾斯泰因（Schleswig-Holstein）地區的控制權，但事實上，安徒生的愛國心是分裂的：因為在國外的生活讓他感覺較為舒適，尤其是他往往受到該國上流家庭的接待；但在丹麥卻受到許多惡待和漠視。

一八四六年，他從柏林寫信給他的贊助人喬納斯・科林，說道：「當然，您知道，我最大的虛榮，或稱之為快樂，就在於認識到：您認為我配得上您的賞識。當我受到大眾認可的時候，我想到的是您。然而，我在國外受到了真正的喜愛和讚賞。我很有名氣。是的，您可能會微笑。但是，最重要的人飛奔來迎接我，我被迎接到他們的家裡。王子和最有才華的人給了我最高的禮遇。您應該要看看他們在所謂的重要圈子裡圍繞著我的情況。哦，這些都不是家鄉的那些人所能想像得到的，他們完全忽視我，當然，他們還是會為我受到的一點點敬意而感到高興的。我的作品給予國外人士們的益處必然大於任何丹麥人所獲得的。」

（漢斯‧安徒生，《安徒生：一種新的生命》〔*Hans Christian Andersen: A New Life*〕，第114頁）。

從一八五〇年到一八七五年去世，這段期間，他愈寫愈傾向於重複自己早期的故事情節和風格。儘管像〈克隆漢斯〉、〈老頭子做的事總是對的〉，和〈園丁與主人〉都是卓越的文學作品，但它們與先前原型的作品相比之下，顯得蒼白了些。他的最後兩部小說《存在還是毀滅》和《幸運的佩亞》的構思相對不佳，閱讀起來較為乏味；而他的幾部戲劇雖然曾經被演出過，但觀眾的迴響平平。

終其一生，安徒生都難以接受丹麥文藝批評家和公眾並沒有無條件讚揚他的事實。他有著強烈的自負心理，和對於讚譽及特殊待遇無止境的心理需求；而他的這種虛榮心，往往也造成了他人的心理負擔。例如，他在一八五七年前往英國，並與查爾斯‧狄更斯（Charles Dickens）和他的家人共度了五週的時間；但是到後來，他們卻是迫不及待地期待他離開，因為他實在太過挑剔和咄咄逼人了。安徒生每年持續到其他國家和不同城市旅行，無論他去到哪裡，都堅持要得到悉心的照料和縱容。此外，他也想尋求親密的男性友誼，但卻往往是自作多情，現實從來未能滿足他的期待。

他年紀愈大愈感孤獨，愈需要一些溫暖的家庭生活，來轉移愛德華‧柯林對他造成的心理挫折。儘管愛德華仍然繼續協助和管理安徒生的事務，但是卻總是與他保持一定的距離。一八六五年，兩個富有的猶太人家庭（分別姓Melchior和Henrique）成為他的忠實支持者，安徒生與他們發展出親密的友誼。雖然他定居在哥本哈根，但是自從一八六七年到巴黎參觀世界博覽會之後，他就經常到西班牙、德國和瑞士等國家旅行，並且待在這些國家的莊園裡。到了一八七三年，他罹患了肝癌。儘管他在那之後的兩年裡，勇敢地對抗疾病，甚至也作了幾次旅行和參加一些社會活動，但是在一八七五年八月四日，癌症終於還是擊敗了他。

大多數安徒生童話故事和故事選集，都傾向於按照這些故事在丹麥最初出版的時間順序編排。這種編輯的安排使得讀者能夠觀察到安徒生的創作發展歷程，並且與他生涯中的重要事件進行參照。然而，如果評論家和讀者過度詮釋那些童話故事，總是以傳記中的細節去附會，那麼恐怕會造成另一些問題和誤解。例如，〈醜小鴨〉一般被視為是身為「局外人」的安徒生，必須克服困難才能顯示自己如天鵝般的高貴本質。〈人魚公主〉經常也被解釋為反映了安徒生對愛德華‧科林那份得不到回應的愛情。〈夜鶯〉則反映了身為藝術家的安徒生和他的贊助人丹麥國王之

間的微妙關係。這些解讀毫無疑問都具有某些道理，畢竟所有的作品都某種程度反映了作者的心理和生平。但是，把安徒生大部分的故事簡化成他生活經歷的象徵，可能讓我們無法好好地欣賞他許多故事的深度和原創性。

　　巔峰時期的安徒生是一個非常敏銳、具有創造力的作家。想像力使他能夠將日常生活的事件和現狀，轉化為開啟人生新視角的非凡故事。雖然他並不是一個深刻的哲學思想家，但是他有一種對周圍世界作出自然和天真反應的本領；並且擁有極高的天賦，能透過短小的敘事散文來傳達他對人生奇蹟的奇思，這是令人驚嘆的。此外，由於他總是感覺自己受到壓迫、被支配、被誤解，所以他會試圖去評估和掌握那些引發痛苦的原因，提供讀者希望——一種自己被需要和能夠自由追求夢想的希望。

安徒生童話的分類

　　一般而言，安徒生所創作的童話故事，依照創作動機可大致區分為三個時期。第一期（1835-1844年），自出版《說給孩子們聽的故事》第一冊（包括〈打火匣〉、〈小克勞斯與大克勞斯〉、〈豌豆公主〉等故事）開始。這段時期，他所寫的童話主要是給兒童的，故事裡充滿了美麗的想像和浪漫的色彩，洋溢著開朗樂觀的情懷。第二期（1844-1852年），自出版《新童話故事集》（*Nye Eventyr Første Bind. Anden Samling*，收錄〈醜小鴨〉和〈夜鶯〉）開始。隨著安徒生步入中年，他的閱歷逐漸增廣，對於社會現狀也有了更加廣泛和深入的觀察和見解，人生體會也愈加深刻。這個時期安徒生童話的特色是浪漫主義和現實主義的結合，故事中所投射的主觀情感也愈發豐富。第三期（1852-1873年），自出版《新的故事》（*Historier. Første Samling.*，收錄〈完全是真的！〉）開始。內容幾乎全是描寫現實生活的小說，浪漫的色彩逐漸褪去，故事的氛圍也顯得深沉，思想悲觀而蒼涼。因此，愈到晚期，安徒生的童話就愈來愈不那麼「童話」了，因為社會批判性和人生諷刺性太過強烈，而且筆調沉鬱灰暗，兒童並

不容易體會。

　　然而，以非傳統、也就是不以故事發表時間來分類的方式，也別具意義，這將有助於人們理解安徒生自一八三五年到一八七五年間，試圖編織進敘事作品中的某些共同主題。儘管要將他的所有故事依照非典型的分類存在一定的困難；但是這樣做，我們或許能夠對他的作品做出更廣泛且具批判性的評價，而且也能使他的創作意圖更為清晰。

　　美國著名的童話研究學者傑克・柴普斯將安徒生的故事分為以下幾類：（1）藝術家和社會；（2）民間故事（民間故事的改編）；（3）原創童話；（4）福音派和宗教性的故事；（5）動物與自然的擬人化；（6）玩具和物品的擬人化；（7）傳說。這種分類方式，讓安徒生的故事與其社會文化背景產生了更多的關聯。不過，它只是對所有故事進行表面的歸納，所以有些故事會同時屬於不同的分類。事實上，筆者以為，我們還可以進一步從柴普斯分類的基礎上歸納出幾個更簡明的原則：（1）創作來源：民間故事或傳說之改編或原創故事。（2）角色模擬：動物與自然的擬人化或玩具和物品的擬人化。（3）意義闡明：福音派和宗教性的故事，藝術家和社會。

{ 1．創作來源 }

民間故事改編

　　長久以來，許多著名童話作家便經常以各種方式來運用口耳相傳的民間故事，安徒生也不例外。事實上，安徒生的早期故事有許多都是來自於他所聽過或讀過的丹麥民間故事，包括〈打火匣〉、〈小克勞斯與大克勞斯〉、〈豌豆公主〉和〈旅伴〉。他很可能也使用了格林兄弟所收集的德國和歐洲的故事做為他的靈感來源；例如〈打火匣〉和〈小克勞斯與大克勞斯〉，就與格林兄弟的〈藍光〉和〈小農夫〉密切相關；而安徒生的其他故事也顯現出格林兄弟的影響。了解這些來源，有助於我們研究安徒生如何挪用這些故事，並使之更加豐富，以反思丹麥社會的狀況和他的人生軌跡。

　　〈旅伴〉就是一個很好的例子，這是一個廣泛流傳於北歐和歐洲大部分地區的口述故事。民俗學家將它歸類為關於「感恩的死者」的故事類型。在故事裡，那個屍體受到虐待的亡者，幫助了一位善意維護屍體免受蹧踐的年輕人。在安徒生的著作中，這位年輕人虔誠地信仰著上帝，而他已故的父親仍然在天上引導他的人生。安徒生結合了異教和基督教的主題，來描述一個貧窮而

天真的男人的成功，他的善良使他最終娶得了公主。安徒生也用自己的親身經歷為民間故事增色，並以庶民的視角揭露貴族階級的矛盾，在〈養豬的人〉中，他就是採取了這種視角（不過，這個主題也出現在他某些原創的童話故事中，如〈國王的新衣〉）。

　　早期的安徒生採取改寫民間故事的作法，我們可以把此視為類似短篇散文作家的「學徒」階段。他以這些故事的結構和內容為基礎，發展出自己的風格和語調，其特點是用單純的敘事模式講述故事。安徒生的整體風格其實並不那麼「幼稚」，而是「淳樸」，他將關於個人生平、草根的故事與民間主題和文學基調融合在一起，從而創造出他最重要的一些童話故事。

傳說杜撰

　　傳說杜撰和改寫民間故事有些相似，只是創作的成分更多；安徒生很可能是聽到一段話，就自行發展出了一個完整的故事。儘管安徒生後來變得非常國際化，並且與丹麥發展出一種愛恨交織的關係，但是他仍然非常關注傳統題材，試圖從丹麥的土壤中挖掘出更多的精神資產，來歌頌她的豐富性。他在許多故事中借重了丹麥的傳說和諺語，來增加地方性的色彩。他經常在丹麥各地旅行，旅途中也總會聽到或看到一些能激發想像力的當地傳說

和傳奇故事。許多文化都有關於國王在死後，又復活來拯救自己國家的傳說，像安徒生的〈丹麥人霍爾格〉就是根據丹麥人的傳說而寫成的。雖然安徒生知道某些傳奇的真實歷史，但他最出色的作品還是那些出於杜撰的傳奇；他的杜撰總是與自己的真實經歷，和他對丹麥社會的現實評價緊密相連。

原創童話

即使是那些被認定為安徒生原創的故事，或多或少也與許多文學和民間傳說有所關聯。儘管如此，他仍然賦予了這些故事屬於他個人的原始感觸和人生經驗，使它們成為具有獨特性的敘述。安徒生原創童話故事的主要特徵是，他將已知的文學主題，轉變成具有煽動性、出人意表，又挑戰傳統期望的故事；並且探索了他從德國浪漫主義者，特別是霍夫曼身上，習得的魔幻現實主義模式。

他最卓越的兩個童話故事——〈影子〉和〈人魚公主〉——充分展現了他有能力將已知的民間和文學主題，轉化為關於自我身分認同如何形成的複雜敘事。〈影子〉的寫作靈感顯然是來自德國作家阿德爾伯特・夏米索（Adelbert Chamisso）的小說《彼得・施萊米爾》（*Peter Schlemihl*）；該小說描述一個男人將自己的

影子出售給魔鬼。〈人魚公主〉的靈感則來自於丹麥的民間傳說〈阿格內特和梅曼〉（Agnete and Merman）和弗里德里希·德拉莫特·富凱（Friedrich de la Motte Fouqué）的童話故事《溫蒂妮》（*Undine*），只是安徒生以一種更加積極的光芒描繪了人物對自我身分的追求。該敘述具有強烈的宗教色彩，教人明白年輕女孩要成為一個人類，必須具備自我犧牲、謙卑和奉獻的精神；如果小人魚公主能夠完成自己的使命，基督的救贖就能被實現。其他的故事，包括〈銅豬〉和〈伊卜和小克莉絲汀〉，也表現了同樣的主題。

　　安徒生故事中所隱含的諷刺意義，往往是它們能夠顯得深具原創性的主因。這個關鍵元素在〈影子〉、〈國王的新衣〉和〈調皮的孩子〉中更是顯而易見。安徒生用童話的隱喻模式來揭露社會的偽善；尤其是，在他最出色的原創童話故事中，他不為讀者留下幸福美滿的結局，反而用令人震驚的結局，來引起讀者從倫理和道德的角度去反思主人公的行動。

｛ 2・角色模擬 ｝

動物與自然的擬人化

安徒生經常在動物、昆蟲和植物擬人化的傳統故事中，傳達某種道德價值觀。闡揚將自己的信仰投向上帝身上，是他最有名的童話故事〈醜小鴨〉中的一個內在理路。儘管在這個故事裡，基督教的參照並不明顯，但是安徒生運用動物故事的傳統，展示出了「上帝智慧的安排」這一個道理。小鴨必須具有信仰才能克服生命中的所有障礙，最終獲勝。

當然，安徒生的所有擬人化故事並不總是宗教性的。他的短篇故事辛辣且諷刺意味十足，採取《伊索寓言》傳統中「適者生存」的觀念；雖然事實上，他並不接受達爾文的進化論觀念。在許多作品中，他嘲笑著人類的弱點，例如〈雲杉樹〉和〈糞金龜〉，就針對了「炫耀」這一點。安徒生許多動植物擬人化的故事，關注的是人類社會和自然的激烈衝突。他深入地去了解當時歐洲社會發生的激烈戰爭，如一八四八年發生於歐洲各地、農民和工人的革命起義。又不只一次，用擬人化的手法，以動物和大自然為主角，去呈現那些現實社會中的衝突，勇敢地評述那個時代的敏感議題和禁忌話題。

玩具和物品的擬人化

安徒生不只將動物和大自然擬人化，他也藉由將玩具和無生命的物品擬人化，來評論社會問題和人性弱點。他模仿的對象是德國浪漫主義作家霍夫曼，後者曾在〈胡桃鉗與鼠王〉中試驗這種敘事模式。一個明顯的例子是他的〈堅定的錫兵〉。也許更重要的是〈牧羊女與掃煙囪工人〉，故事中，瓷器人物小牧羊女對自由的恐懼引發了哲學性的思考。特別引人入勝的是，安徒生用寫實且細膩的筆觸描繪玩具和物品，對它們的角色設定又是如此謹慎和精確，以至於讓人感覺，它們能具有生命似乎是再自然不過的事。安徒生常常拿微小、偶然或被忽視的東西做為主題，如織針或破布，並透過它們來進行嚴肅的思考，那些關於哲學與社會，甚至是關於生存和不朽的課題。

{3・意義闡明}

福音派和宗教性的故事

人們一般不認為安徒生是宗教故事作家，然而，宗教的主題和基調仍然貫穿了他大部分的故事。這種宗教性也是安徒生在

十九世紀如此受歡迎的原因之一：他「馴化」了民間故事和童話傳統的異教或世俗面向，使它們更容易為十九世紀的歐美讀者所接受。整體而言，他的某些故事在一定程度上符合福音文學的標準，而這類文學作品在當時的歐洲和北美非常流行。

〈冰雪女王〉和〈紅鞋子〉就是很好的例子；它們都描繪了將自己的生命置於上帝手中的少女，並且因為相信祂的救贖能力而得救。〈冰雪女王〉在故事一開始就確立了魔鬼與冰雪女王之間的連結，並在後來發展成基督教式的善惡衝突；結尾時，歌爾妲需要天使和上帝的幫助來拯救凱伊。在〈紅鞋子〉中，不幸的凱倫因為驕傲而受到無情的懲罰，她必須把雙腳砍斷並學習基督徒的謙卑，才能被天堂接納。

安徒生傾向於責難女孩，或將她們做為基督教寓言童話中，尊榮上帝的智慧安排的例子。無論這個女孩是否像〈踐踏麵包的女孩〉那樣受到責罰，或是像〈賣火柴的小女孩〉那樣，被提升到了聖人的地位，安徒生都堅持她必須自我犧牲且內心虔誠。安徒生故事中的男性角色並沒有太多個人特色，但有趣的是，他對待男性並不如對待女性那般苛刻。整體而言，幾乎所有安徒生的宗教性故事和其他作品都指出，充分實現自己命運的唯一道路就是信靠上帝。

藝術家和社會

　　雖然我們很難說安徒生故事的哪一個類別最重要，但顯然他在所有的故事裡，優先關注的都是，那些重視藝術和真誠美德的說故事者乃是社會公益的耕耘者。我們必須注意到一件事，那就是：安徒生從事寫作的那個時代，專職和獨立作家這種職業才正在逐漸形成當中。在此之前，丹麥和歐洲的大部分地區，要以專職作家的身分謀生幾乎是不可能的。因此，作家必須另外有一份獨立的收入、生意、職業，或者由一個富有的資助者來支持他寫作。而且，由於沒有版權法，作家的作品根本得不到充分的保護。只是，作家如果必須依賴贊助人，那他就不得不尊重和滿足施惠者的期望。

　　〈夜鶯〉和〈園丁與主人〉堪稱安徒生筆下最富有洞察力、最深刻的故事；它描繪了藝術家的窘境——忍受上層資助者的羞辱，即使贊助者不懂得讚賞自己的巨大成就，仍必須為之服務。對安徒生來說，在所有的情況下，藝術家都是普通人，或者看起來很普通，但卻能夠產生非比尋常的藝術。而非比尋常的藝術是「真實」、「真正」地源於自然的——也就是藝術家的自然天賦；同時也是一切的本質，具有療癒的力量，因為人類無法離開它。在〈夜鶯〉中，藝術家（小鳥）治癒了皇帝，使他意識到機械藝

術畢竟只是人造的。〈園丁與主人〉則是一個描述藝術家和贊助人關係的童話寓言；談的是贊助這件事，更是關於藝術家在丹麥社會的作用，痛苦而深具諷刺性。安徒生在故事中，憤世嫉俗地描繪了一個傲慢的富人和其妻子無法欣賞家中那個藝術家（園丁）的創意和成果；但真正的藝術家無懼他們的無知和封閉思想，還是獲得了成功。這表明了安徒生的強烈信仰——他相信，被自然賦予了天賦的藝術家終將以某種方式大放異彩。

　　這一類的所有其他故事，也同樣反映了安徒生如何不斷地重新審視述說故事的本質，以及故事對所有人提供的救贖。在他最晚期的故事之一〈跛子〉中，童話故事讓一個生病的男孩重拾了健康。故事是一種個人願望的實現，它超越了安徒生在現實生活中的遭遇，成為一種揭示藝術神奇力量、既普世又永恆的工具。

參考資料

- Bottigheimer, Ruth B. *Fairy Tales: A New History*. New York: Excelsior Editions, 2009.
- Murphy, Terence P. *The Fairytale and Plot Structure*. London: Palgrave Macmillan, 2015.
- Zipes, Jack D. "Introduction" in *Fairy Tales: Hans Christian Andersen*, Trans. Marte Hvam Hult. New York: Barnes & Noble Classics, 2007.

• Zipes, Jack D. *The Irresistible Fairy Tale: The Cultural and Social History of a Genre*, New Jersey: Princeton University Press, 2012.

安徒生的生平年表

1805年 安徒生於四月二日出生在丹麥的歐登塞市。他的父親漢
斯・安徒生是一名鞋匠。而他的母親安妮・瑪莉是一名
洗衣婦。

1812年 老安徒生離開了家庭，進入丹麥軍隊服役。格林兄
弟出版了第一卷《兒童和家庭的故事》（*Kinder- und
Hausmärchen*）。

1813年 丹麥哲學家和神學家齊克果（SørenKierkegaard）出生。

1814年 老安徒生返回歐登塞，在軍中患上疾病。丹麥將挪威的
控制權交給了瑞典。

1815年 格林兄弟出版第二卷《兒童和家庭的故事》。

1816年 老安徒生死亡。年幼的安徒生到工廠工作以幫助家中經
濟。

1818年 安妮・瑪莉再婚，但家裡的財務狀況並沒有改善。具有
歌唱天分的安徒生到鎮上的藝文沙龍唱歌賺錢。

1819年 年輕的安徒生離開歐登塞，前往丹麥首都哥本哈根，試
著在那裡尋找成為歌手、舞者和演員的工作機會。他向

該市藝術機構的領導人物求助，獲得了作曲家韋塞（C. E. F. Weyse）等人的贊助；有人提供他歌唱津貼課程和一筆小額津貼。

1820年　津貼耗盡，面臨困境的安徒生加入哥本哈根的皇家劇院合唱團，並且擔任了幾個小角色。

1822年　安徒生的一部劇作遭到劇院拒絕。在劇院監督喬納斯‧科林的幫助下，安徒生獲得了獎學金，可以在距離哥本哈根八十公里的斯萊格斯上一所私立中等學校。格林兄弟出版了第三卷《兒童和家庭的故事》。德國浪漫主義作家霍夫曼去世。

1827年　回到哥本哈根，仍舊是在科林的協助下，安徒生成了大城市上流社會家庭的座上賓，並且與贊助人的兒子愛德華‧科林建立了終身的友誼。他發表了第一首詩作，名為〈垂死的孩子〉。

1829年　安徒生通過哥本哈根大學入學考試，但沒有註冊入學。他的第一本書《從霍爾門運河到阿邁耶東角的徒步之旅》出版了。他的第一部劇作《愛在聖尼古拉斯塔》在皇家劇院演出。

1831年 他第一次到德國進行重要拜訪，並會見了許多重要的作家，其中包括德國童話作家路德維希‧蒂克（Ludwig Tieck）。

1832年 安徒生撰寫了《我的人生之書》（*Levnedsbog*），這是他陸續出版的三部自傳中的第一本，但此書一直到一九二六年才出版。德國大文豪歌德（Johann Wolfgang von Goethe）去世，其作品《浮士德》的第二部分出版。

1833年 安徒生的母親去世，死於酗酒引起的酒精中毒。安徒生在兩年內，遊歷德國、巴黎、瑞士和義大利等國。大英帝國廢除了奴隸制度。

1835年 他在義大利創作的自傳體小說《即興創作》獲得成功，隨即出版德文版。同年五月，出版安徒生的童話故事小冊子《說給孩子們聽的故事》第一冊，包括了〈打火匣〉、〈小克勞斯與大克勞斯〉、〈豌豆公主〉。十二月，出版《說給孩子們聽的故事》第二冊，內容包括〈拇指姑娘〉、〈淘氣男孩〉和〈旅伴〉。

1836年 安徒生的第二部自傳體小說《奧‧特》（*O. T.*）出版。查爾斯‧狄更斯的《皮克威克文集》（*Pickwick Papers*）開始每月定期出版。

1837年 出版了《說給孩子們聽的故事》第三冊，其中包含了
〈人魚公主〉和〈國王的新衣〉。第三部自傳體小說《游
手好閒者》出版。

1838年 丹麥國王授予安徒生年金，讓他可以專注於寫作。他出
版了《童話故事新集成》第一冊（*Eventyr, fortalte for Børn.
Ny Samling. Første Hefte.*），包括〈堅定的錫兵〉和〈狂野
的天鵝〉。狄更斯的《奧利弗‧特威斯特》（*Oliver Twist*）
成為英國最暢銷的小說。博物學家和藝術家約翰‧詹姆
斯‧奧杜邦（John James Audubon）完成了《美國鳥類圖
鑑》四卷（*Birds of America*）並出版。

1839年 《童話故事新集成》第二冊出版，其中包含了〈飛箱〉和
〈鸛鳥〉。

1840年 安徒生的劇作《混血兒》（*Mulatten*），戲劇化地呈現了
奴隸制度的邪惡，在皇家劇院的「摩爾人少女廳」首
演。在這一年和隔年，他遊歷了義大利、希臘和土耳其
等國。

1842年 安徒生出版了《童話故事新集成》第三冊，其中包括
〈玫瑰小精靈〉和〈養豬的人〉。出版旅遊書《詩人的市
集》（*En Digters Bazar*）。

1843年 狄更斯出版《聖誕頌歌》。德國詩人弗里德里希·荷德林（Friedrich Hölderlin）去世。英國評論家約翰·羅斯金（John Ruskin）出版了他的第一部藝術批評著作《現代畫家》（*Modern Painters*）。哥本哈根的蒂沃利公園開放。

1844年 安徒生出版《新童話故事集》，收錄〈醜小鴨〉和〈夜鶯〉等故事。首次拜訪德國城市威瑪，並在接下來的幾年裡，多次重返這座文化重鎮。

1845年 出版了包含〈冰雪女王〉、〈雲杉樹〉等故事的《新童話故事集》第二冊；以及收錄〈紅鞋子〉、〈牧羊女與掃煙囪工人〉等故事的《新童話故事集》第三冊。

1847年 出版了《新童話故事集》第四冊，包括〈影子〉。安徒生的第二本自傳《我人生的真實故事》以德文出版，並且很快翻譯成英文。安徒生遊歷英國，拜會了狄更斯。

1848年 出版了《新童話故事集》第五冊，其中包括〈賣火柴的小女孩〉和愛國小說《兩個男爵》。弗雷德里克七世（Frederik 7th）成為丹麥國王。丹麥與德國和普魯士爭奪對施勒蘇益格—荷爾斯泰因地區的控制權。德國的政治理論家卡爾·馬克思（Karl Marx）發表其《共產黨宣言》。

1851年 安徒生訪問瑞典的遊記在瑞典出版。德國詩人海涅（Christian Johann Heinrich Heine）出版了詩集《羅曼采羅》（*Romanzero*）。美國作家赫爾曼・梅爾維爾（Herman Melville）出版了《白鯨記》。

1852年 安徒生出版《新的故事》，其中包括〈完全是真的！〉。

1853年 安徒生發表《新的故事》第二冊，其中包括〈各得其所〉。

1855年 安徒生出版《我人生的童話》（*Mit Livs Eventyr*），這也是他最後一部自傳。丹麥哲學家齊克果去世。美國詩人惠特曼（Walt Whitman）出版《草葉集》。

1857年 安徒生出版小說《存在還是毀滅》。安徒生出版第一輯《新童話故事》的兩集，包括〈一點什麼〉和〈沼澤王的女兒〉。

1859年 出版了《新的故事》第三冊，包括〈踐踏麵包的女孩〉。

1860年 《彼得・潘》（*Peter Pan*）的作者英國劇作家貝瑞（J. M. Barrie）出生。

1861年 安徒生出版了第二輯《新童話故事》的第一集，收錄〈雪人〉和〈老頭子做的事總是對的〉。

1862年 出版了第二輯《新童話故事》的第二集，收錄〈冰姑娘〉和〈蝴蝶〉。

1863年 安徒生在西班牙出版旅遊書。

1864年 丹麥與普魯士和奧地利交戰，結果丹麥被迫放棄施勒蘇益格—荷爾斯泰因地區的控制權。法國科學家路易斯·巴斯德（Louis Pasteur）證明，用熱處理可以保護某些食物免受破壞性微生物的破壞。

1865年 安徒生出版第二輯《新童話故事》的第三集，包括〈鎮上一有鬼火，沼澤老婆婆就會出現〉。俄羅斯作家托爾斯泰（Leo Tolstoy）出版《戰爭與和平》。英國作家劉易斯·卡羅爾（Lewis Carroll）出版《愛麗絲夢遊仙境》。英國作家吉卜林（Rudyard Kipling）出生。

1866年 安徒生出版了第二輯《新童話故事》的第四集，包括〈雪花蓮〉。

1870年 安徒生的最後一部小說《幸運的佩亞》出版。

1872年 安徒生出版第三輯《新童話故事》兩集，包括〈園丁與主人〉、〈阿姨牙痛〉和〈老喬安娜說故事〉。首度發現自己的肝癌症狀。

1875年 安徒生於八月四日在哥本哈根逝世。葬禮有數百名仰慕者出席，包括丹麥國王。

關於插畫家哈利·克拉克

克拉克的出生和家庭背景

哈利·克拉克（Harry Clarke, 1889-1931），原名亨利·派翠克·克拉克（Henry Patrick Clarke），一八八九年三月十七日出生於愛爾蘭都柏林。他是教堂裝飾匠約書亞·克拉克（Joshua Clarke）與布里姬德·克拉克（Brigid Clarke）的第三個兒子，排行老么。他的父親約書亞於一八七七年從英國里茲（Leeds）搬到都柏林，成立「約書亞·克拉克父子工作室」（Joshua Clarke & Sons），開始了教堂裝飾的生意，後來又進一步納入彩繪玻璃的業務。透過父親的工作，克拉克自然而然地接觸到許多藝術流派，尤其是新藝術（Art Nouveau）風格。

克拉克在都柏林馬爾伯勒街的模型學校（Model School）和貝爾維德雷學院（Belvedere College）接受教育，並在一九〇五年畢業。一九〇三年母親過世，當時他只有十四歲；和母親感情甚篤的他為此大受打擊。克拉克隨後進入了父親的工作室學習，並在大都會藝術與設計學院（Metropolitan College of Art and Design）

修習夜間課程。他的作品〈聖梅爾的奉獻〉（Consecration of St. Mel, Bishop of Longford）榮獲一九一一年教育委員會彩色玻璃全國競賽的金牌獎。

在都柏林都會藝術學校（Dublin Metropolitan School of Art）時，克拉克認識了同樣是藝術家的教師瑪格麗特·克里利（Margaret Crilley）。他們在一九一四年十月三十一日結婚，後來共同育有三名子女。

克拉克的藝術創作

書籍插畫

一九一三年，倫敦哈拉普出版公司（Harrap and Co.）負責人喬治・哈拉普（George Harrap）看中了克拉克的天分，接受了他提出的兩個書籍插圖方案：詩人柯立芝（Samuel Taylor Coleridge）的作品《古舟子詠》（*The Rime of the Ancient Mariner*）和亞歷山大・波普（Alexander Pope）的《秀髮劫》（*The Rape of the Lock*）。還另外委託他為安徒生童話故事的商業版和豪華版提供插圖。這對於初出茅廬、名不見經傳的年輕插圖畫家來說，幾乎是聞所未聞的事。

《古舟子詠》和《秀髮劫》的委託案後來都因故未能完成，出版於一九一六年的《安徒生童話集》（*The Fairy Tales by Hans Christian Andersen*）便成了他的第一個書籍插畫作品。其中包括十六個彩色圖板、二十四個單色插圖及眾多裝飾性小圖；我們這裡所收錄的插畫就是選自此書。從這本安徒生童話的插畫書裡，不難看出克拉克受到艾德蒙・杜拉克（Edmund Dulac）和凱・尼爾森（Kay Nielsen）的畫風影響。

接著，克拉克在一九一九年十月出版了愛倫・坡（Edgar

Allan Poe)《神祕與想像的故事》(*Tales of Mystery and Imagination*)的單色插畫書,此書獲得了巨大的成功。在一九二三年出版的第二版增加了八個彩圖,並內含超過二十四個單色插圖。這個一九二三年的版本為他成就了卓越插畫家的美名。

後續的幾部插畫作品,則分別是《春日好時光》(1920年)裡頭的十二個彩色圖板和十四個以上的單色插畫;法國童話故事《貝侯童話集》(*Fairy Tales of Perrault*),共有二十四個彩色圖板;以及大文豪歌德的《浮士德》,共有八個彩色圖板和七十多個單色和雙色插畫。《浮士德》應該是他最著名的插畫作品,它預示了二十世紀六〇年代既迷幻又令人不安的意象。他的最後一本插畫書是《史溫伯恩》詩集(*Swinburne*),出版於一九二八年,內含十一個精心繪製的單色圖板。

彩繪玻璃

在彩繪玻璃方面,他一生總共製作了超過了一百六十面窗戶。雖然克拉克為父親工作,但他也另外自己接彩繪玻璃委託案。一九一五年至一九一八年間,他為科克大學大學院(University College Cork)的侯南禮拜堂(Honan Chapel)繪製了九面窗戶。這些宏偉的窗戶為克拉克贏得了好名聲,也讓他更懂

得如何掌握工藝技術並兼具原創性。此後，來自愛爾蘭和英國教會的重要委託案隨之而來。與此同時，他還繼續為倫敦的哈拉普出版社繪製書籍插畫。

一九二一年九月十三日，父親去世，他和哥哥華爾特（Walter Clarke）接管了父親的工作室。克拉克負責工作室的彩繪玻璃業務，華爾特則負責裝飾方面的業務。克拉克的彩繪玻璃以精湛的繪畫技巧和豐富的色彩運用逐漸聞名於世，他尤其喜歡深沉的藍色。此外，早年參觀沙特爾大教堂（Cathedral of Chartres）時看到的彩繪玻璃，給了他最初的靈感，讓他後來得以運用創新的手法，將窗戶整合進整體設計的一部分。而他在黑白書插圖中慣常使用的粗線條，也同樣出現在他的彩繪玻璃作品中。

克拉克的彩繪玻璃作品包含了許多宗教性的窗戶，但也有為數不少是為商業機構和私人雇主所製作的。前者的代表作品是侯南禮拜堂窗戶；後者的例子則有濟慈的〈聖愛格妮絲節前夕〉（The Eve of St. Agnes）和〈日內瓦窗〉（Geneva Window），兩者均已收藏於博物館。此外，他最為人熟悉的作品，或許要屬他在都柏林為格拉夫頓街（Grafton Street）上的貝雷咖啡店（Bewley's Café）所繪製的窗戶。儘管在短暫的一生裡，長期健康狀況不良總是深深困擾著克拉克，但他仍然設法繪製出了二十世紀彩繪玻

在達沃斯，克拉克的健康毫無起色。由於擔心自己會死在國外，他便在一九三一年啟程，踏上返回都柏林的旅程。豈料，才剛上路，他就在一九三一年一月六日死於瑞士的庫爾（Chur）了，年紀只有四十一歲；同時，也被暫時安葬在當地。當地的法律要求家屬承諾，在死後十五年內保持墳墓的狀態，因此克拉克的遺體一直到一九四六年才被移出、重新埋葬在一座都柏林的公共墳墓裡。

對克拉克的評價

　　哈利‧克拉克生活在一個前所未有的藝術表現大放異彩的時代——二十世紀初是個各種藝術風格和文化運動相互影響並匯合的時代。在愛爾蘭，凱爾特文藝復興運動（Celtic revival）在文學領域中大力宣揚愛爾蘭的民間傳說和語言。在英國，藝術與工藝運動緊緊追隨前拉斐爾派（Pre-Raphaelites）的腳步——「前拉斐爾派」是由幾位年輕的藝術家發起，企圖改變當時僵固化的藝術風格的一股潮流，期望回到古典時期的姿態和優美，在工業化日益普及的推波助瀾下，支持了精湛的工藝發展。在歐洲大陸，新藝術風格也愈來愈重視裝飾和高質量的工藝。到了一九二〇年代中期，「藝術裝飾」（Art Deco）的裝飾風格出現，此類作品因為兼具優雅和功能性而風靡全球。

　　克拉克受到這些藝術潮流的許多影響，從而發展出自己獨特而鮮明的風格：他總是用濃厚的色彩和精巧的筆觸，描繪了人物鮮明的特徵、生動的表情和深邃的眼睛；他那令人難以置信的色彩，裝飾性的設計，和中世紀風格的美麗人物造型，無論是在插畫作品或在彩繪玻璃方面，都堪稱經典之作。

克拉克的黑白插圖受到許多藝術評論家極大的讚譽，經常被拿來與插畫大師奧伯利‧比亞茲萊（Aubrey Beardsley）的作品相提並論；而其精緻性和趣味性似乎更有過之，並且更富有神祕詭譎、黑暗深沉的意味！克拉克將他嫻熟的彩繪玻璃技藝，運用在文學作品的眾多意象之中，使黑色底圖與白色線條之間融合一致。在高質量的印刷工藝發揮了最佳效果的情況下，其複雜的紋理和細膩的筆觸自然能產生令人讚嘆的藝術表現。至於他所創作的那些造型浮誇、奇幻瑰麗，充滿了無窮魅力的彩圖，克拉克的研究者鮑薇女士（Nicola Gordon Bowe）甚至將之評論為：「已經預示出二十世紀六〇年代迷幻藥所引發的那種幻想。」

克拉克那無與倫比的美學，無疑佔據了愛爾蘭藝術與工藝運動的核心部分。由於二十世紀的前二十五年，也正是禮物插畫書的黃金時代，他在插畫藝術方面的卓越表現更顯得熠熠生輝。他的藝術成就足可與其他同時代的插畫大師，如比亞茲萊、凱‧尼爾森、拉克漢（Arthur Rackham）和艾德蒙‧杜拉克等人並駕齊驅。

參考資料

- Bowe, N. Gordon, *The Life and Work of Harry Clarke*, Irish Academic Press, 1994
- Bowe, N. Gordon, *Harry Clarke and the Irish Free State*, The Wolfsonian Florida International University, Miami Beach, Florida, The Mitchell Wolfson, Jr. Collection
- Bowe, N. Gordon, Harry Clarke Papers, MS39202, National Library of Ireland, Dublin
- Bowe, N. Gordon, *The Irish Times*, Success of Irish Art Students, August 19, 1911
- 網頁：http://www.harryclarke.net/index.html

OI

打火匣

THE TINDER BOX

　　一天下午，一名士兵在一條寬闊的大道上快步地行走著，他背著一個行軍袋，腰間掛著一把鋒利的軍刀。他才剛走進樹林，就看見林子裡站著一個老太婆，她是一個老巫婆。老巫婆說：「勇敢的朋友，你一路上辛苦了。你的勇氣難道沒有從將軍那裡

得到應得的獎勵嗎？」士兵出於禮貌，指了指腰間的那把軍刀，說道：「這就是呀！我就是用這把刀殺了很多敵人。」然後，老巫婆又對他說：「那麼，將軍可曾賞賜你許多財富呢？」士兵老實地說：「那倒沒有，我只得到了這把刀，你想說什麼呢？我還要趕路呢。」於是，老巫婆說出她攔下士兵的原因：「勇敢的士兵先生，我可以給你很多錢，但是你得幫我做一件事情。」士兵說：「真的嗎？如果妳沒有欺騙我的話，我倒是願意試試。」

「看見前面那棵大樹了嗎？」老巫婆指著前方不遠處的一棵樹，說道：「它裡面是空的，你要先爬到樹頂。鑽進去以後，樹底下有一個大洞，你打開洞門，就會看見一條筆直的通道。然後呢，在通道的盡頭，有三間並排著的房間。你打開第一個房間之後，會看見房子中央擺放著一只大箱子，箱子上坐著一隻大眼睛的大狗。他的眼睛就像飯碗那麼大。但是，你只要帶上我這條藍格子圍裙，就能逢凶化吉。你只要抱起那隻狗，把他放在圍裙上，他就會變得很溫馴，這樣你就可以打開他坐著的那只箱子；箱子裡藏滿了錢幣，不過這些是銅幣。如果你想要銀幣的話，那就要到第二個房間。這個房間跟第一個房間一樣，中間也有一只大箱子，箱子上面坐著另一隻凶惡的大狗。這隻狗的眼睛比第一隻狗還要大上好幾倍，就像車輪那麼大。不過，你也不用擔心，

士兵說：「真的嗎？如果妳沒有騙我
的話，我倒是願意試試。」

只要把他放在藍格子圍裙上就沒事了。這樣你又可以打開他坐著的箱子，滿箱子的銀幣，你想拿多少都可以。」

接著，老巫婆又繼續說：「假如你來到第三個房間，這個房間就像前兩個房間一樣，裡面也有一只大箱子。這只箱子上也坐著一隻很大的狗，他的眼睛又比前兩隻大狗大了好幾倍，就像燈塔那麼大。可是你也不用害怕，同樣把他放在藍格子圍裙上就行了，沒有什麼大不了的，那隻大狗會乖乖聽你的話。這時，你又可以打開那隻大狗底下坐著的大箱子，裡面全是金光閃閃的金幣。不過，別忘了，就在這個房間裡面有一個黑色的打火匣，你得幫我把它拿出來，這就算是幫了我的忙了，其他的我什麼都不要。」

老巫婆又說了一大堆其他的話，後來她拿出自己的藍格子圍裙交給士兵，又拿出一根大繩子綁住他的腰。老巫婆說：「這棵樹的洞非常深，你下得去，卻不一定能夠上得來。如果你身上裝滿了重重的金銀財寶，想要上來就更難了；不過如果我在上面拉你，你就不用擔心了。」

士兵敏捷地爬上樹頂，又像隻壁虎一樣滑到了空心的樹底下。他用力推開洞門，一片亮光迎面而來，於是他沿著通道走到盡頭，果然看見了三個房間。於是，他推開了第一個房間的門。

果然，房間裡有一隻大眼睛的大狗就坐在一個大箱子上面，張著像茶碗那麼大的眼瞪著他看。他對那隻大狗說：「好傢伙，你的眼睛可夠大的，讓我把你抱到圍裙上喔。」士兵迅速地把圍裙鋪在地上，然後又把那隻大狗放在圍裙上。那隻大狗果然變得非常溫馴，於是士兵打開箱子，拿了許多銅幣。

　　士兵來到第二個房間，房間中央也有一只大箱子在那兒。箱子上大狗的眼睛實在非常碩大，比第一隻狗大了許多，簡直就像車輪那樣。但是士兵並不害怕，他走上前去把狗抱到圍裙上，那隻大狗就變得老實了。士兵一打開箱子，箱子裡全是銀幣；於是士兵拋下了銅幣，換成銀幣，但怎麼裝都裝不完。

　　只是，當他走到第三個房間的時候，那個房間要難開許多，在門終於被打開了之後，一隻有著很大很大的眼睛的狗出現在他面前。這隻狗的眼睛簡直就像燈塔那麼大。但是，士兵還是很鎮定地把藍格子圍裙鋪在地上，又迅速地把大狗抱到圍裙上，那隻大狗也變得溫馴多了。士兵又打開了第三個房間裡的大箱子，裡面全是金光閃閃的金幣，於是他又扔掉了身上所有的銀幣，裝滿了金幣，還順手拿了老巫婆指定要的那個黑色打火匣。老巫婆把他拉上來時，他的衣袋、皮靴、行軍背包、帽子，全都裝滿了金幣。

一隻大狗坐在那兒，張著像茶碗那麼
大的眼瞪著他看。

老巫婆向他索要打火匣，她問：「勇敢的士兵先生，你拿了我要你拿的打火匣嗎？」士兵說：「拿了。」老巫婆伸出了手對士兵說：「你快把它給我吧。」士兵問：「妳要拿它做什麼？」老巫婆說：「你已經像我說的那樣，拿到許多錢了。」士兵說：「我可以把它給妳，但妳必須告訴我這個打火匣是幹什麼的？是不是要幹什麼壞事？！」老巫婆勃然大怒，說道：「你太不知天高地厚了！我幫你發了財，你竟敢這樣對我說話，看我不好好收拾你！」老巫婆正要施展法術，但士兵動作比她更快，他抽出手上的那把軍刀，刷地一聲，老巫婆的頭便應聲落地了。於是，士兵便帶著打火匣、背著所有的金幣邁步朝向首都哥本哈根去了。

他現在成了有錢人，住進了首都最豪華的旅館，吃最上等的菜，穿著打扮都像是個年輕的富豪。當他走到大街上的時候，人們都在談論著國王女兒的事。他們說國王的女兒貌美如仙，還沒有出嫁呢，很多人都想娶這位漂亮的公主。現在，士兵已經到了該娶親的年紀了，聽人們這麼一說，心裡便十分嚮往王宮裡那位美麗絕倫的公主。他想，要是她能嫁給我，那該是多美好的一件事啊！於是他又問人：「她住在什麼地方呢？」他們對他說：「國王給她建了一座銅牆鐵壁的王宮，任何人都不准進去，除非國王允許。多孤單的公主啊！」原來，國王曾經聽過一個預言，

說公主將會嫁給一個平凡的士兵，他可不能接受這種事。儘管士兵心裡非常仰慕那個公主，決心要娶到她。不過，他覺得此時的自己應該要先適應首都稱頭的生活才行。他認識了許多酒肉朋友，所以每天他們都想主意擺佈著他花錢。這些朋友稱讚士兵是一位豪俠之士，也是他們的救命恩人，他們一輩子都不會忘記他的恩情。士兵太豪爽了，每天和那些朋友一起花天酒地，花錢如流水，終於，他把錢全都花完了。

　　旅館的主人打算趕他走，因為士兵一分錢都沒有了。所以他只好一個人躲進黑暗的牆角坐了下來，他的那些酒肉朋友竟沒有一個人來看望他。四周一片黑暗，讓他想起了那個黑色的打火匣。他找出了那個黑色的打火匣，啪地擦了一下，火被點著了。這時，奇蹟出現了，那隻眼大得像茶碗的大狗從遙遠的暗夜中奔跑而來。他跑到士兵的面前，畢恭畢敬地說：「我的主人，有什麼吩咐呢？」這把士兵嚇了一大跳，原來這個打火匣這麼神奇，難怪先前的老巫婆不要錢，只要這個寶貝。士兵對大狗說：「去吧，給我搬一袋錢來。」那隻大狗說：「馬上就會有的！」過了一會兒，一袋滿滿的錢就擺在他的面前，於是他又有錢了。士兵摸索過以後，就明白了這個打火匣的用途。只要他擦一下打火匣，第一個房間的狗就會飛奔而來；擦兩下的話，第二個房間的

大狗也會馬上出現；如果擦三下的話，第三個房間的大狗就會立刻來到他的面前。他太高興了，因為除了他以外，誰也不知道打火匣的祕密。士兵原先的那些酒肉朋友又都紛紛出現了。

這一次他想，既然自己已經有了打火匣這件寶貝，除了錢財以外，對於那位住在銅牆鐵壁王宮深處的公主，擁有魔力的狗狗也許可以為他做點什麼。於是，他擦了兩下打火匣，第二個房間的大狗來到了他面前。士兵對他說：「打擾你了，你可以去王宮裡幫我把公主帶回來嗎？我想見見她，一會兒也好。」大狗抖了抖身上比銅鐵還硬的毛，對士兵笑了笑，說：「好的，主人！」不久之後，公主就現身在他的面前了。他簡直不敢相信這是真的，公主還睡在大狗的背上呢。她的睡姿也像她醒著時一樣美。士兵情不自禁地在公主美麗的臉上輕輕一吻。眼看天就要亮了，他又讓大狗背著她回到王宮去了。

當公主醒來後，以為是自己作了一場夢，就對來看望她的國王和王后說自己夢見了一隻狗和一名士兵；她自己還騎在狗背上，那名士兵甚至吻了她一下。國王和王后聽了都嚇了一跳，他們擔心那個可怕的預言將會應驗，所以他們雖然沒有對公主多說什麼，卻暗自安排了一個機靈的小宮女夜間守候在公主的身邊。

這晚，士兵又想起了美麗的公主，他忍不住拿出打火匣，啪

噠啪噠啪噠擦了三下。士兵說：「打擾你睡覺了，麻煩你去王宮把公主帶來吧！」大狗說：「好的，馬上為您實現！」士兵才眨了一下眼睛，大狗和睡在他背上的公主就被帶出了王宮。但是，那個機靈的小宮女也跟了出來，她看見大狗把公主帶進一幢房子裡，便在那個房子外頭的牆壁上畫了一個十字架。當大狗在下半夜把公主帶出房子時，看見了牆壁上的記號，他很生氣。所以，他把公主送回王宮後，便跑遍了全城，在所有房子的牆壁也都畫上了十字架。

　　天亮以後，國王和王后讓那個精明的小宮女帶路。國王調集王宮裡全部的衛兵，鐵了心要把那個在晚上偷偷帶出公主的惡棍抓起來。結果，卻發現城裡所有房子外的牆壁都被畫上十字架了，小宮女也辯認不清是哪幢房子，所以就沒有辦法追查下去了。不過，王后是一個很有智謀的人，她不但幫助國王治理國家，還會織布縫衣。她的針線活實在不錯，所以這次特別為公主縫了一個漂亮的小布包。還在裡面裝滿了蕎麥粉，並且在小布包上戳了一個小洞；因此，只要公主一出王宮，白色粉末就會沿路留下痕跡。

　　到了晚上，大狗又奉士兵的命令，來背睡著了的公主去見士兵。士兵在他的房間裡專心地等候公主再次到來。但是這回可

不太妙，因為一整路的蕎麥粉暴露了士兵的住處。士兵和公主在一塊時，根本沒有覺察到危險。因此，天還沒有亮，國王派出的衛兵就把士兵住的旅館給包圍了。士兵遭到逮捕，並且關進了死牢，他們準備到了第二天就處死他。

士兵現在很沮喪，他又變得一無所有了。不只所有的錢被國王沒收；更要緊的是，他的寶貝打火匣還放在那家旅館裡他自己那張床的枕頭底下。想起那個打火匣，讓他的眼睛為之一亮，要是能拿到那個打火匣的話，或許救得了自己。這時，他隔著監獄的鐵欄杆，看見外面有一個小孩正急忙地往為士兵準備的絞刑台那裡跑，打算去看熱鬧。可是因為跑得太快，就把自己左腳上的鞋子踢飛了，而那隻鞋子跳著滾著正巧掉進了士兵的監獄裡。

士兵對小孩說：「小朋友，別急嘛。在我還沒有到絞刑台那裡以前，沒什麼東西可看的。你的鞋我會還給你，但是你得幫我一個忙。去我住的旅館那裡，把我那張床枕頭下面的那個打火匣拿來給我。到時候，我不只會把鞋子送還給你，還可以給你四枚金幣，你看這是一件多麼划算的事呀！只不過你得快一點了！」小孩拚了命地跑去旅館幫士兵把打火匣取來。果然，小孩拿回了自己的鞋子，也得到四枚金幣；士兵現在又拿回他的寶貝打火匣了。

他毫不畏懼地被帶到絞刑台那裡，正當獄卒準備對他行刑時，他對著國王和刑場上的民眾們說：「請允許我在生命的最後一刻抽上一口菸吧！」國王和王后不願意拒絕這個卑微的最後請求，所以答應了。士兵被鬆開了雙手，他拿出打火匣，啪啪啪，分別打了一下、兩下、三下，於是三隻兇猛的大狗同時降臨在士兵的跟前。

國王、王后和衛兵們都嚇得落荒而逃，大家拚命往刑場外擠。士兵對著三隻大狗大喊：「快幫幫我，別讓我被絞死！」三隻大狗汪地一聲，一齊撲向國王、王后和衛兵們。國王連聲喊道：「不，不，我是國王，你們不能這樣對我。」但是，最大的那隻狗根本不聽，張開大嘴咕嚕一聲就把國王活活吞了下去，王后也遭到同樣的下場；目睹這樣的情況，衛兵和民眾們全都嚇呆了。所以，他們都朝著士兵大喊：「士兵先生，別讓狗咬我們！我們擁護你當新的國王！你就和那位公主結婚吧！」就這樣，士兵順利地當上了國王，並娶了美麗的公主為妻。婚禮整整舉行了八天，而那三隻大狗也全都坐到桌子上，睜著大眼睛四處張望。

故事賞析

在所有安徒生創作的童話中,這個故事屬於最為原始而質樸的類型,所以當中的部分情節似乎不那麼貼近現實,也並不考慮它所反映出的倫理意義。故事的主人公士兵並不十分正直、善良,簡直就像是個自私任性的壞小孩。他對自己想要擁有的金錢、物質生活、公主、甚至王位等,都表現出一種無所顧忌肆意索取的態度,欠缺了常人觀念中的倫理和節制的原則。尤其是,教唆大狗吞掉國王和王后,之後又與公主結婚,在現實世界中,這兩者恐怕是不可能同時發生的。

故事裡的打火匣,本身就是一個很值得思考的現象;例如,擁有像打火匣這樣一件寶貝,不但可以驅使大狗在無人知曉的情況下,為主人帶來金錢和美女;甚至還可以成為一件無人能擋的強大武器。這樣一來,擁有者是否還需要遵守一般人的道德倫理原則?假如他違反這些原則又不會遭致任何現實的懲罰,那麼,唯一使他有所顧忌的,就只剩下存在於他心中的道德觀念了。而如果他沒有這樣的觀念,也沒有任何力量可以阻止他,他就將會成為一位暴君。

故事裡還有另一個道德的問題,就在故事的開頭,他與老巫

婆的相遇。在老巫婆的指引之下，他獲得了大量的金錢；但是他卻沒有實現最初的承諾，將打火匣交給老巫婆，甚至把她殺了。儘管他並不是因為知道它是一件寶貝，而心生想把寶貝據為己有的意圖。他之所以不把打火匣交給老巫婆，也許只是因為他覺得老巫婆可能是想拿它去做些壞事；但是，單憑她是老巫婆，或看起來醜陋，就可以斷定她一定會做壞事嗎？即使士兵確定老巫婆是想拿打火匣做壞事，是不是就表示他可以完全不必信守自己的承諾？他也可以一開始就不接受老巫婆提出來的交易，不是嗎？如果只選擇了約定裡對自己有利的部分而不盡義務，便是帶有欺騙的意味，而稱不上是一位正人君子了。

還有，讓大狗去把公主帶來，也是一項很可議的行為，因為他在完全沒有徵得公主和其他人的同意之下，就這麼做了；哪怕公主後來認可這個行為，是不是就表示這是一件正當的事呢？更不要說最後大狗們把國王和王后吞掉，士兵取王位而代之了。這個故事可以引發我們諸多的道德思考，例如，即使對方是惡人，自己是否就能夠將惡行加諸於對方？但是，儘管這個故事裡主人公的某些作為並不可取，它無論如何仍是一則生動而充滿畫面感的童話。

O2
旅伴

　　可憐的約翰非常憂心，因為他的父親病得很重，似乎無法再康復了。在這個小房間裡，除了他們兩個，沒有其他的人了。桌上的燈火幾乎要燒盡，因為夜已經非常深了。

　　「約翰，你是個好孩子，」他垂死的父親說：「我們的上帝會幫助你的。」他用熱切而慈祥的目光看著自己的兒子，深深地嘆了一口氣，就好像陷入沉睡一般斷了氣。

　　約翰痛苦地哭了起來，因為現在他在世上已經沒有任何親人了，沒有父親和母親，也沒有兄弟姊妹。可憐的約翰！他跪在床邊，親吻了父親的手。他流下了許多辛酸的眼淚；直到後來，他將頭靠在堅硬的床邊，闔上雙眼，睏倦地睡著了。

　　這時，他作了一個奇怪的夢：他看見太陽和月亮向他鞠躬。又看見父親恢復了健康，聽見他像之前那樣，在開心時總是暢快地笑。一個有著一頭長髮、戴著一頂金冠的漂亮女孩，向約翰伸

出手來。他的父親說：「看看你娶到了什麼樣的新娘呀，她可是世界上最可愛的女孩呢。」然後，他醒了過來，所有這些美好的東西都消失了。只有他的父親已經冰冷地躺在床上，沒有人和他們在一起。可憐的約翰！

人們在接下來的一個星期裡埋葬亡者。約翰走在棺材後面送葬，他再也見不到那位對他充滿慈愛的父親了。他聽著人們把泥土鏟到棺材上的聲音，凝視著棺材的最後一角被最後一鍬土掩蓋起來。他是那麼地悲慟，感覺自己的內心簡直要碎裂了。人們在他的周圍唱起聖詩，聽起來是如此淒惋動人，於是淚水湧進他的眼眶，他哭了出來，而這舒緩了些許痛苦。陽光明亮地照耀在綠樹上，彷彿是在說：「約翰，不要再那麼傷心了，抬起頭看看天空是多麼的美麗。你的父親就在那裡，他在那位仁慈的上帝跟前為你祈禱，讓你將來可以得到幸福。」

「我要永遠作個好人，」約翰說：「那樣以後我就可以去天堂和父親相聚了，當我們再見到對方，該會多麼令人歡喜呀。我一定要告訴父親許多事，也要他教我知曉天堂的樂趣，就像他以前在這裡教我那樣；哦，那將給我多麼大的快樂呀！」

他就像已經可以清楚看到這些事似的，即使仍有眼淚滑過臉頰，他還是發出了微笑。栗樹上的小鳥嘰嘰喳喳地叫著：「唧

唧！唧唧！」他們顯得無比快樂。儘管他們也參加了葬禮，但卻非常清楚亡者已經進入天堂，而且現在老約翰的翅膀比自己的還要更大、更美。鳥兒們知道老約翰現在是幸福的，因為他在生前是個好人，他們也為他感到歡喜。

約翰看著鳥兒們從綠色的樹林向廣闊的世界飛去，心中升起一股想要追隨他們而去的渴望。但他還是為父親的墳雕刻了一個大大的木頭十字架。夜裡，當他把十字架搬到那裡時，發現墳墓上鋪滿了小石頭和鮮花。這些全是陌生人做的，因為他們都愛這位過世的老好人。

第二天清晨，約翰把自己的小包袱整理好，同時也把他全部的遺產塞進腰間的錢袋裡，總共只有五十塊錢和幾個小銀幣，這就是他能帶在身上、走向廣袤世界的所有東西了。不過，他還是先前往教堂的墓地，在父親的墳墓前跪下，唸了主禱文。然後他說：「再會了，親愛的爸爸！我會做個好人，所以請您代我向我們的主祈求，請祂保佑我一切都順利。」

約翰走過了田野，田野上滿是可愛的花朵，它們在燦爛的陽光下和微風中點著頭，彷彿是在說：「歡迎來到這片綠草地，你看這裡好不好呀？」約翰又轉過頭，看了一眼老教堂——那裡是他出生時受洗禮、又每個星期天和父親一同去作禮拜和唱讚美

詩的地方呀。他瞥見，在高高鐘樓上的一扇窗洞裡，有個帶著紅色尖頂帽的小精靈。約翰舉起了一隻手臂把手掌放在額頭上，因為陽光正照射著他的眼睛。約翰望著小精靈，遠遠地向他點了點頭；小精靈則是一手揮動著紅色的帽子，又把另一隻手放在心口上，一次又一次地用手指送來飛吻，表示他希望約翰一切平安，有個愉快的旅程。

　　一切正如約翰所想像的那樣，他將在前方的那個大千世界裡，看見所有美好奇妙的事物。他走了又走，已經走到比以前都要遙遠了。他從沒聽過自己所走過的那些城鎮的名字，也不認識他所遇見的那些人。現在，他來到遙遠的地方。

　　這一天夜裡，他找了田野邊的一個乾草堆睡下，因為他沒有更好的地方可休息了。但他覺得這裡很舒服，連國王也不會有比這更好的床了。田野、小溪、乾草堆和頭頂上的星空，一切都讓這裡成了一間華麗的臥室。開著紅色和白色花朵的綠草地是他的地毯，接骨木樹叢和野玫瑰籬笆勝似花瓶裡的花束，而盛滿清水的溪流就是他的洗臉池。小溪旁的蘆葦向他行禮，祝他「晚安」和「早安」。月亮無疑是一盞巨大的小夜燈，高高懸掛在深藍色的天花板上，卻沒有任何燒著床簾的危險。約翰安心地入睡了，他這一覺睡得可真香甜，一直到太陽高高升起才悠悠轉醒。附近

飛來的小鳥對他高唱著：「早安！早安！你還不起床嗎？」

教堂的鐘聲響了起來，因為今天是星期天；人們去聽講道，約翰也和他們一起去。當他唱起讚美詩，聆聽上帝的話語時，他感覺自己就像是回到了幼時受洗的那個老教堂，那個和父親一起唱讚美詩的地方。

教堂的墓園裡有很多墳墓，其中有些因為沒有人照料而長滿了高高的雜草。約翰想起了自己父親的墳墓，那裡一定也會變得和這些墳墓一樣，因為他將會有一段時間不能去除草和維護它了。所以，他跪下來拔掉那些雜草，把那些已經倒下的十字架豎直起來，又換上了新的花圈，舊的已經被風吹走了。「或許，」他想：「有人也能為我父親的墳墓這麼做，因為我現在不能照料它。」

教堂墓園的門外有一個老乞丐，他拄著一根拐杖站著。約翰給了他幾個銀幣，然後帶著輕鬆愉快的心情，繼續向茫茫未知的世界出發。到了傍晚，一場暴風雨隨著夜幕降臨。約翰於是急忙趕路，想要找到一個可以避雨的地方，但天色愈來愈暗，最後，他來到山邊一座孤零零的小教堂。幸運的是，大門正半開著，他急忙走進教堂裡去，想在那裡等待風暴止息。

「我要在這裡找個角落坐下，」他說：「而且我太累了，需

要休息一下。」於是他坐下來，雙手合十，唸了晚禱詞。不知不覺之間，他睡著了，而且作起夢來，外面卻正在雷鳴閃電。

他醒來時，已經到了午夜。風暴已經過去，月光透過窗戶照在他身上。原來在教堂的中央停放著一口被打開了蓋子的棺材，裡面躺著一具死屍。約翰一點都不害怕。他有清明的良知，所以他知道死人是不會傷害任何人的，會傷害人的只有那些活著的人。這時，正有兩個活著害人的惡棍，站在這個等著下葬的亡者旁邊。他們心中已經想好了一個邪惡的計畫：不讓亡者在棺材裡寧靜地安息，而打算把他的屍體扔出教堂──悲慘的亡者呀！

「你們為什麼要做這樣的事呀？」約翰問：「這麼做是一種罪惡，也是一種恥辱。看在上帝的份上，讓這個人安息吧。」

「蠢東西，別廢話！」這兩個惡棍喊著：「他欺騙了我們。他欠我們錢沒有還，現在他忽然死了，我們連一分錢也拿不回來了！我們非修理他一頓不可，要讓他只能像一條死狗那樣躺在教堂門外腐爛。」

「我身上只有五十塊錢，」約翰喊道：「這是我全部的財產了。但是我可以把這些錢統統給你們，只要你們能夠老老實實地承諾讓這個可憐的亡者安息。我就算身無分文也可以活下去，因為我還有健康的身體、強壯的手臂，上帝也總是會幫助我的。」

「那可就太好了，」惡棍們同意：「如果你能幫他還債的話，我們就保證不會再碰他一下，你倒是可以盡管放心。」

所以，他們接過了約翰給的錢，又對他古怪的想法大笑了幾聲，便滿意地揚長而去了。約翰好好地重新把屍體放進棺材裡，為他把雙手合起來，向他道別之後就離開了教堂。他帶著輕鬆而愉快的心情走進了茂密的森林裡。

月光從樹林間灑落下來，他看見周圍有一些小精靈正快樂地玩耍著。當他走近時，他們並不感到害怕，因為他們能看出他是一個善良的好人；至於那些惡人是看不見精靈的。有些精靈不比人的一根手指高，他們長長的金髮上紮著金梳子，成雙成對地坐在樹葉和長草上的大露珠上搖來晃去。有時露珠從他們下面滾了開去，他們就會跌落在草葉間，喧鬧成一團，這真是一幅十分逗趣的景象呢。他們唱著歌，所有這些可愛的歌曲約翰都知道，因為他們在他還小的時候教過他。

頭戴銀冠的大斑點蜘蛛，正在灌木林間織著長長的吊橋和宮殿。當微小的露珠落在它們上頭時，它們就會像月光下的玻璃那樣閃閃發光。太陽升起以後，小精靈們便躲進鮮花的花苞裡去了。然後，強風吹襲了蜘蛛網上的橋梁和宮殿，把它們颳走。

就在約翰剛從森林裡走出來時，從他背後傳來一個男人的呼

喊聲：「嗨，朋友，你要往哪裡去呀？！」

「我打算到外面的廣闊世界去，」約翰對他說：「雖然我沒有父親，也沒有母親，只是一個可憐的孩子，但我相信主會看顧我的。」

「我也正打算到外面的廣闊世界去呢。」陌生人說：「我們何不一起結伴同行呢？」

「好呀。」約翰回答。所以他們便一起大步往前方走了。

他們彼此談得非常投契，因為他們都是善良的好人。只是，約翰很快就發現，他遠遠不如這個陌生人那樣有智慧。他就像曾經走遍世界，幾乎懂得所有的事。

當他們坐在一棵大樹下吃早餐時，太陽已經高高地升起了。就在這時，有一個老太婆腳步蹣跚地從遠方走來。哦！她的年紀太大，背脊彎得非常厲害，所以拄著拐杖走路。她背著從森林裡撿來的一堆木柴，圍裙裡還兜著東西，約翰可以看見有三根蕨梗子和柳樹枝從裡面露了出來。就在她走近這兩個年輕的旅人時，腳忽然滑了一下、跌了一個大跤，她大聲尖叫起來。可憐的老太婆把腿給摔斷了。

約翰馬上提議他們可以把老太婆送回家去。但是那個陌生的旅伴卻打開自己的背包，拿出一小罐藥膏。他說這可以把她的腿

「我也正打算到外面的廣闊世界去
呢，」陌生人說。

完全治好，彷彿不曾摔斷過一樣，那樣她就可以自己走回家了。只是，做為回報，他希望老太婆可以把圍裙裡的三根蕨梗子送給他。

「這代價可不小哇！」老太婆詭祕地點了點頭。她並不想輕易把那三根蕨梗子送人，但斷了腿坐在那裡，也實在是難受得很，所以她只好同意把那三根蕨梗子送給他了。那旅伴才剛剛把藥膏塗到她的腿上，老太婆立刻就能站起身子，而且走起路來比先前還要靈便——這全是因為藥膏的效力。顯然，這並不是人們可以從一般草藥店裡買來的東西。

「你要那幾根樹枝做什麼？」約翰問他的同伴。

「哦，它們其實是三根不錯的草藥，」他說：「碰巧我就喜歡收集這類東西，因為我本來就是一個奇怪的人呀。」

他們又走了一段路以後，約翰指著前面說道：「你看看那邊的天空多陰暗哪，那些密密麻麻的雲層。」

「不對，」他的同伴說：「那些不是烏雲，它們是山，是壯麗的高山。到那裡，我們就可以穿過雲層，去到那空氣清新之地。那裡會有奇特的景觀，相信我，明天我們就可以遠遠地超拔在這大地之上了。」

但是這些山並不像看上去的那麼近。他們花了整整一天的時

間才到達山峰，在那裡濃密的黑森林高聳直入天際，大塊的巨石簡直像一整個城鎮那麼大。爬上這些山的確是一趟艱難的旅程，所以約翰和他的旅伴投宿了一家旅店，打算為隔天的行程好好休息一晚，補充體力。

這家旅店的餐廳裡坐著許多人，因為有一個人在那裡表演木偶戲。他剛架好一個小劇場，而人們正聚在餐廳裡等著看戲。一個肥胖的老屠夫走來，就在前排最好的位子上坐了下來，他有一隻大牛頭犬——看起來凶惡得很呀——就蹲坐在他身邊，狗兒的眼睛睜得和其他人一樣大。

然後，這齣戲開演了。這是一齣非常歡樂的戲，是關於坐在天鵝絨寶座上的國王和王后的戲。他們的頭上戴著金色冠冕，衣服後面則拖著長長的裙襬，因為他們有的是錢可以那樣擺闊。有幾個裝了玻璃眼睛和大把鬍子的漂亮木偶站在一旁，把一扇門一開一關的，好讓新鮮的空氣流進房間裡。這是一齣逗人開心的戲，一點也不哀傷。不過，就在王后木偶起身走過舞台時，那隻大牛頭犬——只有天曉得是怎麼了——忽然直接跳上了戲台，在那位肥胖的老屠夫沒能及時抓住的情況下，一口咬住王后纖細的腰，嘎嘎吱吱地把她給攔腰咬斷了。多麼悲慘的場面呀！

這個可憐的表演者被嚇壞了，他為被咬斷的王后感到非常悲

傷；這是他最漂亮的小木偶，但醜惡的牛頭犬卻狠心把她的上半身咬掉了。過了一會兒，當觀眾們全都散去之後，和約翰一起來的旅伴卻說，他馬上就可以修好她。他拿出了他的那個小藥罐，就是治好摔斷腿的老太婆的那罐藥膏，擦在那個木偶斷裂的腰身。當她被擦上藥膏以後，就立刻變得像新的一樣了——不對，應該說是比新的更好。因為她甚至可以自己動起來，而不再需要表演者拉線了。這個木偶現在就好像是一個活的女人似的，只是不能說話而已。表演木偶的人高興極了，因為他有了一個不必拉線就可以跳舞的木偶。只是，其他的木偶還是跟原來一樣，不能自己動。

夜裡，每個人都上床睡覺之後，旅店裡萬籟俱寂。這時，忽然不知從什麼地方傳來了深沉的嘆息聲，這聲音一直不止息，讓旅店裡的客人都忍不住起身查看到底是怎麼一回事。那表演木偶的人馬上走向自己的小劇場，因為嘆息聲似乎是從那裡傳出來的。他看見，所有的木偶都堆在一起，國王和他的臣僕們全都混作一團：原來正是他們深深地在嘆氣。他們睜大著玻璃眼珠懇求也讓自己擦上一點那種藥膏，就像王后那樣；如此一來，他們就能自己動了。王后則跪了下來，遞上她那可愛的金冠，彷彿是在說：「如果您給我的國王和他的臣僕們都塗上藥膏，就可以拿走

一個心腸歹毒的公主。

　　她的外表非常漂亮，甚至可以說，沒有人能比她更美或更迷人，但是這又有什麼用呢？她是一個邪惡的女巫，所作所為已經讓許多英俊的王子在她的手裡斷送了性命。她曾經下令任何人都可以來向她求婚。任何人都可以來，不管他是王子還是乞丐，這些對她來說全都沒有分別。但是求婚者必須回答她問的三個問題。如果能猜得出答案，公主就會嫁給他；而且，他還能在她父親去世以後，成為新的國王。只不過，要是他答不出正確的答案，公主就會吊死他，或者把他的腦袋砍掉。這位美麗公主的手段就是這麼狠毒。

　　她的老國王父親對這件事也感到非常苦惱，但是他也沒有什麼辦法能夠讓她別再做那些邪惡的事，因為他曾經答應過她，絕不干涉任何她與追求者之間的事——她可以隨心所欲地去處理。每一位前來求婚的王子都想方設法要猜中公主的問題，但是全都失敗了，然後也全都慘遭吊死或者砍頭的命運。每個求婚者都曾經被事先警告過，若在那時，他仍然是可以放棄求婚的。老國王對於這一切的痛苦和悲慘境況，也感到非常傷心，所以，每年他和他所有的士兵都會花上一整天跪著祈禱，希望公主可以變好，但是她卻依然故我。而老婆子們為了表達自己深深的哀悼，在飲

用杜松子酒之前，也會將它染成黑色的——只是除此以外，她們什麼也做不了。

「這個邪惡的公主，」約翰說：「應該要被結結實實地抽上一頓鞭子才好，這樣對她反而有好處。如果我是老國王的話，我一定把她抽個半死，血流滿地。」

「萬歲！」就在這時，旅店外面傳來了人們的喧嘩聲。原來是公主正好從街道上經過。她確實長得美貌無比，一時之間，看見她的每個人都忘了她有多麼邪惡，情不自禁地高聲喊出：「萬歲！」有十二個可愛的侍女，全都身穿白色絲綢，手捧金色鬱金香，騎在十二匹漆黑的駿馬上護衛著公主。公主本身則是騎著一匹綴以鑽石和紅寶石裝飾的純白色駿馬。她的騎馬裝束是純金絲織成的；手上的馬鞭看起來像是一道金光；頭上的金冠閃耀得如同天上的繁星；斗篷則是由成千上萬隻明亮的蝴蝶翅膀縫製的。至於她自己，卻比這些都更加耀眼。

當約翰的眼睛一看見她時，他的臉立刻紅得像血一樣，幾乎說不出一個字來。公主就是他父親去世那晚，他曾經在夢裡見到的那位戴著金冠的美貌女子。在他發現公主原來這麼美麗之後，便情不自禁地愛上她了。

「她不可能是一個會把猜不出答案的人吊死或者砍頭的邪惡

女巫。」約翰心想：「既然所有的人，就連最窮的乞丐都可以去向她求婚，那麼，我也要到王宮去。對，我一定要這樣做！」

　　每個人都勸他千萬別去，免得落得和其他人同樣的命運。他的旅伴也試圖說服他不要去，但約翰卻相信自己能夠成功。他把鞋子和外套刷得乾乾淨淨，把臉和手也洗了；又把他那頭英俊的金髮梳理整齊。然後，他便獨自一個人，穿過城鎮來到了王宮。

　　「進來吧，」老國王對著敲門的約翰說。在約翰打開門時，老國王走上前來接見他，他穿的是一件睡袍和一雙錦繡的拖鞋。他的頭上戴著王冠，一手拿著尊貴的權杖，另一手則拿著象徵王權的金球。「請等等，」老國王說著，然後把金球夾在自己的腋下，以便騰出一隻手來和約翰握手。但是，當老國王聽到約翰是以追求者的身分來到這裡時，他便激動地啜泣了起來，以至於權杖和金球都掉落到地上，他又不得不用睡袍把眼淚擦乾。可憐的老國王！

　　「別試了吧！」他說：「你會得到和其他人同樣的下場的。來吧，讓我帶你去看看那會是什麼樣的結局。」

　　然後他便領著約翰進到公主的御花園裡去參觀。到了那裡，他看見可怕的景象！每棵樹上都掛著三、四個王子的屍體，他們全是公主的求婚者，也全都是猜不出公主問題答案的人。只要微

風一吹動，這些死屍的骸骨就會吱咯吱咯地響起來，鳥兒們早就全都被嚇跑，不敢再飛到這個花園來了。所有的花朵都被盤在人骨上，而每一個花盆裡都有骷髏頭在咧嘴而笑。這可真是公主的一座迷人的花園呀！

「來！來！」老國王說：「看看，好好看看，這些人的下場也會是你自己的。你還想要試嗎？看在老天的份上吧，別犯傻了，你會讓我心裡很難受的，因為我一直為這樣的事感到內疚。」

約翰親吻了那位好國王的手，然後說他確信一切都會好起來的，因為他深深地著迷於公主的美貌。就在此時，公主和她的侍女們全都騎馬回到了王宮，所以他們走過去向她問好。她的樣子看起來美豔無雙，當她向約翰伸出手和他握手時，約翰比先前更加迷戀她了。她怎麼可能會像所有人說的那樣，是個邪惡的女巫呢？

所有的人都進了王宮的大廳，童僕為他們端來了果醬和薑餅。但是老國王心裡並不痛快，所以吃不下什麼東西。而且，薑餅對他的牙口來說也太硬了。

約翰被安排在第二天早上再到王宮裡來。那時將會有法官和全體議會成員在場，要裁定他猜出來的答案是否正確。如果他答

對了，那麼就得再回來一到兩次，只不過，至今求婚者們連一個問題都還沒有答對過，所以他們全都在第一關就丟了小命。

然而，約翰一點也不害怕自己的冒險嘗試會帶來怎樣的後果。甚至完全相反，他感到興高采烈，心裡只想著公主有多麼可愛。他確信到時候上帝會幫助他，儘管他根本不知道結果會怎樣，也寧願不去想。當他沿路手舞足蹈地回到旅店，旅伴正在等著他。約翰對他說個沒完，公主怎麼樣對他好，又怎麼樣可愛。他迫不及待明天能快一點到來，那樣就可以到王宮去好好試試自己的運氣。不過，他的旅伴卻搖了搖頭，露出悲傷的樣子。

「老弟，我和你是真的很投緣，」他說：「我原來還想，或許我們可以結伴更久一些，不過現在我恐怕要失去你了，可憐的、親愛的約翰呀！我想好好哭一場，但卻不願意破壞你的心情，而且今天晚上可能就是我們共度的最後一晚了。我們應該要拋開一切來盡情歡樂；在你明天走了以後，我有的是時間流我自己的眼淚。」

城市裡的人們很快就得知公主又有了新的求婚者，所以人人心裡都很不是滋味。劇院都關上了門，賣糕餅的老婆婆為她們捏的麵人繫上了一條黑紗，國王和牧師們則跪在教堂裡祈禱，到處是一片哀悼的氣氛。因為沒有人會期待約翰能有比其他求婚者更

好的結果。

到了那天夜裡，旅伴給約翰斟上了一大杯雞尾酒，說道：「現在，我們就盡興暢飲吧，為公主的健康乾上一杯。」但是約翰喝了兩杯酒以後，就覺得頭昏腦脹、昏昏欲睡，眼睛也漸漸地睜不開，轉眼之間就睡著了。他的旅伴輕輕地把他從椅子上抱起來放到床上去。夜深以後，他就把那一對從天鵝身上砍下來的大翅膀拿出來，把它們繫在自己的肩膀上。又從那個跌斷腿的老太婆給他的幾根蕨梗子裡，揀出最長的一根放進自己的口袋。然後他便打開了窗戶，飛向城市上空，一直飛進王宮裡去；他找到了面對公主寢室的一扇窗子角落降落下來，留心觀察公主寢室裡的動靜。

城市裡一片寂靜，當時鐘走到十一點三刻的時候，公主房間的窗戶忽然打開，披著一件白色斗篷的公主從裡面飛了出來，肩膀上有著一對黑翅膀。她飛越過整個城市，朝向一座大山飛去。由於約翰的旅伴把自己隱藏起來，所以當他在她背後飛行時，公主無法看見他；他甚至還拿出蕨梗子狠狠地抽打了她一頓，血花從抽打之處飛濺出來。啊，這是什麼樣的一趟飛行呀！風吹拂著她的斗篷，讓它張開來像一面大帆似的，任月光透射了過去。「見了鬼的冰雹！見了鬼的冰雹！」公主每被抽一下，就這樣哀

嚎一聲，但這只不過是她應得的教訓。

最後，她來到了一個山腰，在一處山壁上敲了敲。忽然一陣雷鳴般的隆隆聲，她敲打的地方出現了一道洞口。公主走了進去，約翰的旅伴也跟了進去；沒有任何人能發現他，因為他現在把自己隱形了。他們沿著一條又長又寬的通道走下去，兩旁的牆壁上發出奇特的光。原來是成千上萬隻發光的小蜘蛛沿著牆壁跑了出來，發散著火紅色的光芒。接著，他們走進了一個由白銀和黃金打造的廣闊大廳。牆上有向日葵大小的紅色和藍色花朵覆蓋著，只是沒有人能將它們摘下，因為它們的花莖全是醜陋的毒蛇；原來，這些花朵竟是從毒蛇的利牙之間吐出的火焰。天花板上全都爬滿了閃閃發亮的螢火蟲，還有天藍色的蝙蝠搧動著他們透明的翅膀。這個地方看起來真是十分嚇人！在大廳的中央放著一個寶座，由四匹馬的骨骸托著，而骨骸上的馬具則全是火紅色的蜘蛛。寶座本身是由乳白色的玻璃雕刻而成，座墊則是由黑色小老鼠互相咬著彼此的尾巴組成的。寶座上方的華蓋是由玫瑰紅的蜘蛛所織成的網，上面點綴著許多像綠寶石那樣閃閃發光的綠色蒼蠅。

在寶座上坐著一位老魔法師，他可怕的頭顱上戴著一頂王冠，手裡握著一根權杖。他在公主的額頭上親吻了一下，並讓她

老魔法師可怕的頭顱上戴著一頂王
冠，手裡握著一把權杖。

坐上華麗的寶座，就在他的身邊，同時他示意底下的人把音樂奏響。巨大的黑蚱蜢吹起了口琴，貓頭鷹用翅膀拍打起自己的肚子，因為他沒有鼓。這真是一場非常奇特的合奏呀！許多小小的妖精們戴著嵌著鬼火的小帽子，圍著大廳蹦蹦跳跳著。這時，誰也看不見那個把自己藏在寶座後面的旅伴，他從那個位置可以看見和聽到這裡所有的事。此時，臣僕們走了進來，它們看起來似乎神氣十足、活靈活現的。只是任何一個人只要仔細觀察都能馬上看出，這些臣僕其實不過是插在掃帚上的捲心菜，是魔法師施法讓它們有了生氣，又給它們穿上繡袍。但儘管只是這樣也無所謂，因為它們就是充充場面用的道具罷了。

在歌舞活動結束之後，公主對魔法師說她又有一個新的求婚者了。她問他明天這個人來到宮殿的時候，應該給他出什麼問題。

「聽好了，」魔法師說：「我跟妳說，妳得要想一些平常的東西，這樣他反而猜不著是什麼。想著妳的一隻鞋，這樣他是猜不著的。砍下他的頭以後，明天晚上過來的時候，記得把他的眼珠子帶給我，讓我好好享用一番。」

公主深深地行了一個禮，並且承諾不會忘記把眼珠子帶來。魔法師為她打開了山門，她便起飛回家。只是，約翰的旅伴飛到她的背後，又用蕨梗子給了她一頓好抽。她同樣痛苦地抱怨了

好幾句「可怕的冰雹」之類的話，然後竭盡所能地快快從臥室敞開的窗戶飛了進去。約翰的旅伴則是飛回旅店，這時約翰還在睡覺。他摘下了翅膀，趴倒在床上，因為他已經精疲力盡了。

約翰醒來時已經是第二天早晨。他的旅伴也起床了，他對約翰說，他作了一個奇怪的夢，是關於公主和她的一隻鞋子的夢。所以，他讓約翰在答題時問問公主，她心裡想的是不是一隻鞋子。旅伴會這樣說，自然是因為他偷聽到魔法師在山洞裡所說的話，只是他沒有對約翰說出實情；而只是告訴他，一定要猜公主心裡所想的是她的一隻鞋子。

「我當然可以問問公主是不是這個答案或是別的，」約翰同意：「或許你的夢是真的，因為我一向相信上帝會照顧我的。不過，我還是要提前說聲再見，因為如果我猜錯，我就再也見不到你了。」

他們相互擁抱道別之後，約翰便奔向城市，直入王宮。整個大廳這時已經擠滿了人。法官們坐在扶手椅上，在頭的後面墊著羽絨枕頭，因為他們要想許多事；老國王則站在那裡，拿著一條白色的手帕擦拭眼淚。此刻，公主走了進來。她的容貌比前一天更加美麗動人，她以優雅的方式向在場的所有人鞠躬。她對著約翰伸出了手，說了聲：「早安。」

現在，約翰被要求猜出公主心中的想法了。她以最迷人的神情凝望著他，直到聽見他說出「鞋子」這兩個字，她的臉色剎時間變得慘白，從頭到腳顫抖不已；但是她什麼也不能做，因為他猜對了。

　　仁慈的老天爺！老國王簡直樂不可支，他精彩地翻了一個筋斗。每個人都對國王的演出和約翰第一次的正確答題高聲喝采。

　　聽說了約翰的第一次表現非常圓滿，他的旅伴也為他感到高興。但是，約翰鄭重地雙手合十感謝上帝，他確信上帝會繼續幫助他完成接下來的兩次考驗。第二天他還得再進王宮去猜題。

　　這天晚上就如同前一晚。約翰睡著了，而他的旅伴又飛在公主的背後，還把她抽打得比先前更加厲害，因為這次他帶上了兩根蕨梗子。沒有誰能看見他，但是他卻仍然聽見了所有的對話。公主這次心裡想的是她的一隻手套，而旅伴把這件事又告訴了約翰，說得就像是他夢見的一樣。

　　很自然地，約翰在答題過程中沒有遇上任何困難，宮殿裡也再次充滿了不常見的歡樂氣氛。上一次老國王翻了個精彩的筋斗，這次宮廷裡的所有人都跟著這麼做了。但是，公主卻是躺在沙發上，一句話也說不出來。現在一切的結果都將取決於約翰對第三個問題的回答了。如果他又猜對了的話，他將可以和美麗的

公主結婚，而且在老國王死後繼承整個王國。當然，如果他猜錯了，那麼他就必須奉上自己的性命，而老魔法師也會吃掉他那雙湛藍色的眼睛。

到了晚上，約翰唸了自己的禱告詞以後，便早早地爬上床，安詳地入睡了。但是他的旅伴又拿出那對翅膀繫在肩膀上，把寶劍掛在腰間，並且帶上了全部的蕨梗子，朝向王宮飛去。

今晚的夜色黑得深沉，大風也颳得猛烈，甚至從屋頂上掀掉了幾片磚瓦。花園裡掛著骸骨的那些樹木，也被風吹得像蘆葦那樣彎了腰。閃電每時每刻都在閃爍著，雷聲也連綿不絕地咆哮著。這時窗戶打開，公主飛了出來。她的臉色蒼白，卻還是嘲笑了天氣，認為它只能嚇唬小孩子。她的白色斗篷在風中鼓動著，像一片大風帆。約翰的旅伴這次則是用上了三根蕨梗子抽她，把她抽得鮮血淋漓，以至於她得非常勉強才能抵達那座妖魔山，幾乎沒辦法再飛得更遠了。

「多麼見鬼透頂的冰雹呀！」她說：「我還從來沒遇上過這種天氣呢。」

「煩心事偶爾總會遇上的。」老魔法師同意。

她把約翰如何在第二次也猜對的情況對他說了。如果他明天又再次猜對，那麼約翰可就完完全全地贏了，那麼，她就再也不

能出來到這裡。而且，也不能再像以前那樣施行魔法了。她對此感到非常沮喪。

「這次他是絕對猜不到的了，」老魔法師說：「除非他本身是一位比我更高明的魔法師；否則的話，他就是連作夢也不會猜到我現在想到的東西。不過，現在還是讓我們先開心地玩一會兒吧。」

於是，他拉起公主的雙手，和小妖精們還有鬼火一起在大廳裡跳起舞來。紅色的蜘蛛也在牆壁上歡快地轉來轉去，火焰的花朵明滅閃爍，貓頭鷹擊著鼓，蟋蟀吹著笛，黑蚱蜢吹著口琴。這是一場多麼古怪的舞會呀。

他們跳了好一陣子之後，公主不得不回家了，因為她擔心宮廷裡的人會發現她不見了。魔法師說，他可以陪她一道飛回去，這樣可以相處得更久一些。

他們飛在風暴裡，約翰的旅伴用三根蕨梗子狠狠抽在他們身上。魔法師從來沒有在下著這麼厲害冰雹的天氣裡出過門。當他在宮殿外向公主道別的時候，他低聲在她的耳朵邊說：「妳心裡就想著我的頭吧。」

只是就連這些話也被約翰的旅伴偷聽見了。就在公主飛進窗子裡，而魔法師正轉過身要飛回妖魔山時，旅伴一把揪住了他那

長長的黑鬍鬚，用寶劍把魔法師那顆醜陋的頭從肩膀上給砍了下來，連魔法師自己也沒看清楚是誰動的手。旅伴把他的屍體扔進海裡餵魚吃；至於他的頭，他把它先拿到水邊沖洗乾淨，再用絲綢手帕包起來帶回旅店，然後上床睡覺。

到了隔天早晨，他把那個手帕包袱交給了約翰，而且對他說，在公主要他猜測她的想法以前，千萬不要打開它。

這時大廳裡已經是人滿為患了，他們緊緊地擠在一起，就像捆成一堆的蘿蔔。法官們坐在椅子上，墊著柔軟的枕頭。而老國王則是換上了他的新王袍，他的王冠和權杖都被重新拋光，看起來光亮如新。但公主卻是面色蒼白，她穿上了黑色的禮服，就好像在參加一場喪禮似的。

「我現在心裡想的是什麼？」她問約翰。此時，約翰立刻解開手帕，魔法師那顆可怕的頭顱滾了出來，看到這一幕連他自己也嚇了一大跳。這麼令人驚悚的場景，所有人都忍不住顫抖、屏息以待，但公主卻像石頭一樣坐了下來，不發一語。最後，她終於站起身來，向約翰伸出了一隻潔白的纖手，因為他的答案是正確的。她不看任何人，只是嘆了一口氣說：「現在你是我的主人了，我們的婚禮將在今天晚上舉行。」

「這話太令我高興了！」老國王喊道：「這正是我期盼已久

的結局呀！」

　　所有在場的人都高喊萬歲！軍樂隊在大街上演奏起來，教堂的大鐘被敲響，賣糕餅的老婆婆把黑紗從麵人身上取下，現在所有的人都歡天喜地地慶祝著。在市集廣場的中央，有三隻烤熟了的全牛，肚子裡填滿了鴨肉和雞肉，每個人都可以免費上前去切一塊來享用。噴泉現在流出了上好的美酒。老百姓可以在麵包店花一便士買到價值一塊錢的麵包，同時還能免費得到六個甜麵包，而且這些甜麵包裡全都塞滿了葡萄乾。

　　那天晚上，整個城市燈火通明。士兵們鳴放禮砲，男孩子們燃放鞭炮。宮殿裡舉辦了盛大的宴會，大家盡情地吃吃喝喝，暢快地跳舞和乾杯。所有的貴族仕紳和姿態優雅的女士們也一起跳舞慶祝。就連住在遠方的人們也能聽見他們的歌聲：

　　「這裡美貌的女孩無數，

　　而且她們個個喜歡跳舞！

　　看她們舞動的身姿輕盈曼妙，靈巧自如。

　　舞吧！我可愛的女孩，繼續跳吧，

　　直到妳的鞋跟脫落，也像飛舞。

　　然而，這時的公主仍然是一個女巫，而且她根本就不愛約

翰。約翰的旅伴並沒有忘記這一點。他把從天鵝翅膀上拔下來的三根羽毛，還有一罐裝著幾滴液體的小瓶子交給了約翰。他對約翰說，要在公主的床邊準備好一大盆水，就在她準備要上床的時候，他一定要用力推她，好讓她跌進那個水盆裡。在那盆預先裝滿的水裡，要放進那三根羽毛和滴入那個小瓶子裡的液體。而且，他還必須把公主浸到那盆水裡三次。如此一來，她就會從魔咒中解脫出來，而且深深地愛上他。

約翰完成了旅伴交待他做的所有準備工作。在第一次的時候，儘管公主尖叫了一聲，但他還是把她整個人按進水裡。再度冒出水時，她變成了一隻睜著炯炯雙目的大黑天鵝，只是仍然不斷地掙扎著。約翰又將她按進水中，在第二次冒出水時，她變成了一隻白天鵝，只有脖子的地方還有一道黑圈。約翰心中非常懇切地向上帝祈禱，然後他最後一次把白天鵝按進水裡。再次冒出水時，白天鵝已經變成了一位美麗的公主。她比以往任何時候都要美麗動人。她流下了晶瑩的眼淚，深深地感謝約翰讓自己得以擺脫魔法師的強大魔咒。

到了早上，老國王和他所有的臣子都來了，盛大的慶祝會持續了一整天。最後到來的客人是約翰的旅伴，他手裡拄著手杖，背上背著行囊。約翰一再擁抱他，親吻了他好幾次，請求他不要

離開他們，務必和自己一起住在王宮裡，因為約翰所有的幸福都是他給予的。但是旅伴卻搖了搖頭，他輕聲地對約翰說：

「不了，現在我在地上的時刻已經用盡，我所做的只不過是把錢還給你罷了。還記得先前在教堂裡有兩個惡人想要傷害一個死人嗎？你把你所有的錢都給了他們，好讓他能夠在墳墓裡得到安息。我其實就是那個人。」話一說完，他立即就消失不見了。

婚禮的慶祝活動持續了整整一個月。約翰和他的公主婚後十分相愛，而老國王也過得非常愉快。後來，約翰和公主的小孩們騎在老國王的膝蓋上，拿他的權杖玩耍。再後來，約翰就成為那個國家的新國王了。

故事賞析

在歐洲的民間傳說故事裡，亡者因得以被安葬，為償還恩惠而幫助善良的生者，據說是個廣為流傳的主題。安徒生就是在這個傳說的基礎上，融入個人的經歷和自我投射，創作出了這則童話故事。我們從安徒生的傳記裡得知，他出身寒微，皮匠父親老安徒生在他在十一歲時就生病去世了，母親只能靠幫別人洗衣服來養活一家，他十四歲就揮別家人前往哥本哈根去闖蕩。這段生

平似乎被寫進了故事的開頭：窮困的約翰在父親死後，也離鄉背井走向廣大的世界。

約翰的義舉之所以顯得格外難得，是因為他是將父親留給自己的五十塊錢全數送人，而且還是為一個已經無力償還和回報的死去之人還債。更別說若在他財富有餘的情況下，對待活著的人又會是多麼慷慨了。一般來說，以基督宗教為主流的西方文化，並不認為亡者的靈魂能夠再回到人世。可是，故事裡的亡者卻以陌生人的身分與約翰結伴同行，更沿途收集了三根蕨梗子、表演者的大木劍、白天鵝的翅膀這些東西，以備不時之需。可是當約翰對壞公主產生興趣、想要前去求婚時，旅伴仍是一再勸阻。也許是旅伴事先就十分清楚，壞公主的背後有位法力強大的巫師。

若不是那位公主受到魔法的控制，害死了每個上門的求婚者，她本該嫁給一位身分匹配的對象；就是因為情況特殊，才使得約翰能有機會加入向公主求婚的行列。但若不是出於對公主的痴迷和過於樂觀的天真，他也不可能會願意以生命為代價，去參與一場沒有勝算的賭局。所有背後困難的工作，都由旅伴一手承擔了；另外，他還私下教訓了公主和魔法師為那些受難者們洩憤。

猜別人心裡所想的事，無疑是非常困難的，更何況是猜對三

次；尤其最後一次還得猜出一個凡人從來不曾見到和想到過的物件，實在是件不可能的任務。更困難的是，就算答出了所有的謎題，還有三個難題尚待解決：首先是魔法師還沒有被剷除掉，其次是公主還仍然是位女巫，而且公主也還沒有愛上約翰。但這些也都靠著旅伴一個個克服了。約翰是因為想到死去的父親，對旅伴起了善心而義助了五十塊錢，他所得到的回報又豈止是千倍萬倍！或者從另一個角度來看，旅伴也是以約翰亡故父親的身分，給予他百般的呵護和照顧吧。也許，安徒生心中也曾經認為自己在天上的父親同樣給予過他許多無形的幫助。

03
鸛鳥

在某個小村莊最外圍的一棟房屋的屋頂上，築著一個鸛鳥巢，裡頭坐著母鸛鳥和四隻小鸛鳥，小鸛鳥伸長了頸子和小小的黑嘴──他們的嘴還沒有像成年鸛鳥那樣變成紅色的。在屋脊上不遠的地方，鸛鳥爸爸直挺挺地站立在那裡。他還真把自己當成了一個哨兵，為了不讓自己打盹，他縮起了一條腿，只用另一條腿站著。我的天，那個單腳站立的樣子看起來多麼挺拔！所以，人們不仔細看，可能會真的以為那是一個木頭雕像呢！

「對我的老婆來說，有個哨兵在她的巢邊站崗，讓她可有面子了！」他心想：「人們不知道我就是她的丈夫，他們會以為我只是一個僕人，是被命令站在這裡的，看起來十分神氣，我必須說。」於是，他就繼續用一條腿站立著。

村子裡，有一群孩子正在街上玩耍。他們抬頭時看見了鸛鳥，於是其中最大膽的那個男孩便開始領著其他孩子，唱起一首

關於鸛鳥的老歌。不過，他們只唱著各自記得的段落：

「鸛鳥，鸛鳥，長腿的鸛鳥，

回去你老婆的身邊吧，你最好快飛回去。

她正在巢裡等著你，

哄著你的四隻小鸛鳥入睡。

他們第一隻會被吊死，

第二隻會被刺死，

第三隻會被燒死，

第四隻會被打死！」

「快聽這些小孩在唱些什麼呀！」小鸛鳥哭喊著：「他們說我們會被吊死和燒死呢！」

「不要去管他們亂唱的東西，」鸛鳥媽媽氣呼呼地說：「別去聽他們唱的，什麼事也不會有的。」

但男孩們繼續唱著，還用手指指著鸛鳥嘲笑他們。只有一個名叫彼得的男孩說，嘲笑這些鳥是一件無聊的事，他不願意跟他們一起做。

鸛鳥媽媽也繼續安慰著她的小孩：「不要讓這些小事打擾我們。看看你們的爸爸是多麼地沉穩，而且他還只用一條腿站立

呢！」

「但是我們怕得要命呀！」小鸛鳥們喊著，同時也把頭深深地埋進了巢裡。

第二天，孩子們出來玩耍時又看見了這些鸛鳥，他們又唱起了那首歌：

「他們第一隻會被吊死，

第二隻會被燒死……，」

「我們真的會被吊死嗎？」小鸛鳥們問。

「不會，當然不會」，他們的媽媽回答：「你們就要學飛了，我會教你們；這樣我們就可以飛到草地上去拜訪青蛙，他們會在水裡向我們行禮，唱著『呱！呱！』然後，我們就會吃掉他們，這可有趣得很呢！」

「那以後呢？」小鸛鳥們又問。

「以後所有的鸛鳥，就是來自國內各地的鸛鳥，將會集合在一起，然後秋季大演習就開始了。」鸛鳥媽媽繼續說：「所以，你們得知道要怎麼飛得好，因為如果你們飛不好的話，那麼將軍就會用他的嘴戳死你們。當我開始教你們的時候，你們可要好好注意，好好學習。」

「噢，那樣我們就會被刺死了，正像那些男孩們唱的那樣！

聽呀，在那裡，他們又唱起來了！」

「別管他們，注意聽這裡。」母鸛鳥接著說：「經過大演習以後，我們就要準備飛到溫暖的國度去了。那兒離這裡好遠好遠呢。越過了高山和森林，我們就會到達埃及，那裡有四角石頭的房子——這些房子的頂是尖的，高高地伸到雲層裡去，人們管它們叫金字塔。它們的年紀甚至比鸛鳥所能想像的還要古老。那個國度還有一條河，有時河水會從河床裡溢出來，把整塊大地弄得全是泥巴！那時，我們就可以在泥巴上來回走動，找青蛙吃。」

「喔！喔！」小鸛鳥們齊聲喊了出來。

「沒錯，那地方的確是舒服得很，人們整天什麼也不必做，只顧吃吃喝喝。當我們在那裡享受著生活的時候，這裡呢，卻沒有一片綠葉能留在樹上，因為天氣太冷了，連雲朵都被凍成了碎片，像白色的小棉絮那樣落下。」

當然，她的意思是指下雪，只是她不知道還有什麼其他方式可以向孩子們解釋。

「那麼，頑皮的男孩也會凍成小碎片嗎？」小鸛鳥們問。

「那倒不會，他們不會被凍成小碎片，」他們的媽媽回答：「不過也跟那樣差不多了，他們必須整天待在陰暗的房子裡。但是，我們呢？卻是飛到遙遠的外國，在溫暖的陽光下和充滿鮮花

的土地上愉快地飛翔。」

　　一段時間過去，小鸛鳥們長得夠大了，他們已經可以站立起來，遠遠地眺望周圍的廣闊世界。鸛鳥爸爸每一天都給他們帶回來美味的青蛙、小蛇和各種鸛鳥們能吃的珍饈美食。啊，當他在他們面前玩一些小把戲時，他們笑得多麼開心呀！他會把頭完全轉到他的尾巴上，用尾巴快速地拍打著自己的鳥嘴，發出的啪啪聲響就像是個響板。然後，他會對他們講故事，全是關於沼澤的故事，有一天他們自己也會去到那裡。

　　到了最後一天，鸛鳥媽媽把孩子們全都帶到屋脊上。

　　「就是現在，」她說：「是時候學習飛行了。」四隻小鸛鳥非常不穩地走在屋脊上，他們走得搖搖晃晃，不得不張開翅膀來保持平衡，但還是幾乎要從屋頂上掉下去。

　　「現在看著我，」他們的媽媽喊著：「要讓頭保持像這樣，然後像這樣移動你的腿！一、二！一、二！這能讓你去到世界的其他地方！」

　　然後，她從屋頂上飛行了一小段距離，小鸛鳥們也笨拙地跳了一下。啪嗒一聲，他們摔落在那裡了，因為他們的身體太笨重了。

　　「我不想飛了，」最小的一隻鸛鳥抱怨著，然後打算爬回巢

裡：「我根本就不想去什麼溫暖的國家！」

「哦，所以冬天來了，你是要凍死在這裡是嗎？」他的媽媽恐嚇著：「你要讓那些小男孩來吊死你、揍你、把你烤熟是嗎？我現在就叫他們來抓你！」

「噢，不要！不要那樣做啦！」小鸛鳥叫了起來，又再次跳回到屋脊上和大家一起練習。

到了第三天，他們總算稍微能飛了。然後他們以為，在不動翅膀的情況下，也能在空中自在地翱翔。只是，當他們這樣嘗試時，就會咻的一聲從空中墜落下來。所以，他們立刻就發現自己得快速鼓動翅膀，才能保持飛行。

同一天，男孩們又回來，唱起了他們的歌曲：

「鸛鳥，鸛鳥，長腿的鸛鳥！」

「我們可以飛下去啄出他們的眼睛嗎？」小鸛鳥咬牙切齒地問。

「當然不行，」鸛鳥媽媽立刻制止，說道：「別去管他們，注意我這裡，這才是更重要的事。一、二、三！現在我們往右邊飛。一、二、三！現在我們往煙囪的左邊。非常好，最後一次練習，你們的翅膀揮動得非常完美，所以，明天你們可以和我一起飛到沼澤地去。有幾個非常體面的鸛鳥家庭也會帶著他們的小孩

鸛鳥

一起去那裡，我希望讓他們看見我們家的孩子是最出色的。別忘了要把頭昂起來，這樣才好看，讓你們看起來有精神。」

「不過，難道我們不能先給那些粗魯的男孩一點顏色瞧瞧嗎？」小鸛鳥們又問。

「讓他們愛怎麼叫就怎麼叫吧，」他們的媽媽回答：「當他們凍得發抖，外面的樹上連一片葉子或一顆甜蘋果也沒有的時候，你們已經飛上了雲端，到達有著金字塔的國度了。」

「不過我們還是得教訓他們一番！」小鸛鳥們彼此竊竊私語，然後繼續練習飛行。

街上的那些男孩子當中，最壞的就是那個開始唱那首歌曲的男孩。他是一個不到六歲的小男孩，但是小鸛鳥們認為他至少有一百歲了，因為他比鸛鳥媽媽和鸛鳥爸爸還要老得多。小鸛鳥又怎麼能知道孩子和大人有多老呢？

小鸛鳥們認為非給這個男孩一點教訓不可，因為他是第一個開始唱這首歌的人，而且這傢伙還一直唱不膩。隨著鸛鳥們年紀愈來愈大，愈聽見那首歌，就愈感到生氣。最後，鸛鳥媽媽為了平息他們的怒氣，不得不准許他們去進行報復，只是必須等到他們出國的前一天，才能採取行動。

「不過，我們還是得先看看你們在這次大演習裡的表現。」

她警告他們：「如果你們飛得不好，那麼，將軍就會用鳥嘴戳死你們，如果是這樣的話，那麼小男孩唱的歌也不算是錯的。總之，先看看你們的表現再說吧。」

「好的，您會看到的。」小鸛鳥們回答。在這之後，他們每天是如何拚命地練習呀，直到他們能飛得非常有板有眼，直到看著他們飛行也成了一種樂趣。

最後，秋天來臨了，所有的鸛鳥開始集合，準備在飛往溫暖的國家、避開這裡的冬天以前，進行一場大演習。所有的小鸛鳥都要飛過森林和村莊，以測試他們學習飛行的成果，因為他們未來還要面對一段很長的旅程。結果，小鸛鳥們飛得非常出色，所以他們的成績牌上頭寫著：「優異，青蛙和蛇！」這是最高的榮譽，表示他們非常傑出，可以得到青蛙和蛇做為獎品。這就是他們的表現！

「現在我們終於要還以顏色了！」他們向母親喊著。

「好吧，」他們的母親同意了，她說：「我想到一個好主意。我知道有一個池塘，裡面躺著人類所有的小嬰兒們，直到鸛鳥來把他們帶到父母那兒去。那些漂亮的小寶寶們躺在那裡，作著甜蜜的夢，那是他們以後不會再作的美夢。所有的人類父母都

想要一個小寶寶，而每個人類小孩也都想要一個妹妹或弟弟。現在我們要去那個池塘，為每個沒有唱歌的孩子帶上一個小妹妹或小弟弟。至於那些唱著討厭的歌或嘲笑我們的男孩，我們就一個也不幫他們帶。」

「那麼，那個開始唱那首歌、最頑皮的醜男孩呢？」小鸛鳥問：「我們該怎麼對付他？」

「在那個池塘裡，」他的母親慢慢地說：「有一個小寶寶死了，他作了死亡的夢。我們就把他帶到那個頑皮男孩的家裡，然後他就會哭，因為我們給他帶去了一個死掉的小弟弟。還有，不要忘了那個說嘲笑我們是件無聊事的好孩子，我們就給他帶去一個弟弟和一個妹妹吧。既然他叫作彼得，以後你們也都叫彼得吧！

於是，因為她所說的這些話，在丹麥所有的小鸛鳥都叫作彼得，所有的大鸛鳥也都叫作彼得，甚至直到今天。

故事賞析

鸛鳥是一種外表很特別的鳥類，看起來好像心裡總是盤算著什麼似的。鸛鳥也是歐洲人相當熟悉的一種鳥類，因為那裡普遍

流傳著一則古老的傳說：人類所有的嬰孩都是鸛鳥送來的。只是我猜想，這種說法或許只是大人們為了搪塞小孩對於嬰兒從哪裡來的問題，而瞎編出來的吧。

這個故事是站在鸛鳥的角度去寫牠們和人類的關係，特別是人類的小孩。頑皮的孩子總會想要在弱小的孩子或動物身上找樂子，完全沒有考慮到這會對他們或牠們造成什麼傷害。霸凌有許多種不同的形式，其中有一種是唱刻薄的歌曲或以促狹的方式嘲笑他人。嘲笑者和被嘲笑者兩方在情緒上形成了巨大反差，前者把自己的快樂建築在後者的痛苦之上了。

孩子們在故事裡唱的那首歌，似乎是丹麥廣為流傳的童謠；儘管在真實的世界裡鸛鳥聽不懂歌曲的內容，但安徒生可能還是想藉這個故事為鸛鳥抱不平。從鸛鳥媽媽的角度來看，被人類小孩唱個歌來嘲笑根本就是不值得注意的小事，鸛鳥媽媽希望自己的小孩可以專注在成長方面的正事。特別是對候鳥而言，整個群體必須格外重視季節，以配合大規模遷移這件攸關個體和族群生存的大事。

成長就像是走在往某個方向前進的道路上，路上有時會出現一些大小路況，有時也會產生大小樂趣，如果太過執著於處理那些大小路況，就有可能耽誤往前走的路程。或許，對於某些生

活安逸的人類來說，只關注自己個人的步調，過自己的小日子，我行我素，似乎也沒有什麼不好。只不過，如果沒有能力區分生活中各個事件的輕重緩急，還是可能會出現某些嚴重問題的；例如，先是與親友，然後是與他人形成觀念上的隔閡。圓熟而自得的能力，常常還是需要經過時間和歷練才能習得的。

04
醜小鴨

　　鄉間的景色多麼優美，現在正是夏天，小麥田裡一片金黃，燕麥也是綠油油的，乾草在綠色的牧草地上被堆成草垛。在那裡，鸛鳥抬著他又長又紅的細腿散著步，嘴裡唧哩咕嚕地說著埃及話，這是從他母親那裡學來的。圍繞著田野和草地有一大片樹林，幾個深水塘就隱藏在樹林間。鄉間的風光是多麼令人心曠神怡呀。

　　陽光下，有一座古老的莊園，莊園的四周有一道深深的壕溝。從莊園的圍牆到水塘邊，有許多牛蒡葉長了出來；其中有些長得非常高大，就連小孩子都可以挺著腰站在它們下面，想像自己正在一片茂密的叢林裡。一隻母鴨正坐在她的窩裡孵著她的小鴨子。她多少感到有些疲憊了，因為乾坐著畢竟是一件乏味的工作，幾乎沒有什麼訪客來探望她。其他鴨子寧願在壕溝裡游泳，也不願意蹣跚地走到這片牛蒡葉下面來跟她閒磕牙。

那些蛋殼終於一個接著一個裂開來了。蛋殼破了，小鴨子們從蛋殼裡探出頭，來到了這個世界。「唧，唧！」小鴨子們叫著。

　　「嘎！嘎！」母鴨說，催促他們快一點到外面去走走看看。他們全都搖搖擺擺地在樹葉底下東張西望。他們的母親讓他們盡情地看個夠，因為綠色對眼睛有好處。

　　「多麼寬廣的世界呀！」小鴨子們說，他們現在站的地方肯定比蛋殼裡大得多了。

　　「你們認為這就是整個世界了嗎？」他們的母親問。「這世界可大多了。眼前的這一片地能延伸到花園的另一頭，還要再一直延伸過去到牧師的田那邊，就連我自己也沒有去過那麼遠的地方呢。孩子們，你們全都孵出來了吧？」她起身時說：「不對，不是全部，個頭最大的那顆蛋還在這裡沒有動靜，這還要多長的時間呀？我可真是厭煩透了。」母鴨抱怨著，但是又在窩裡坐了下來。

　　「情況怎麼樣了呢？」一個前來探望的老鴨子問。

　　「這一顆蛋耗了我不少工夫，」窩裡的母鴨說：「它就是不破；但是看看其他孩子，他們是我見過最可愛的一群小鴨子了，看起來就和他們的父親一模一樣。那個壞蛋一次也沒來看過

我。」

「讓我來瞧瞧這顆老是不破的蛋吧。」老鴨子說：「這明明是一顆火雞蛋，聽我說，我自己以前也曾經上過這樣的當。那些火雞孩子讓我受了多少罪，吃了多少苦頭呀。我跟你說，他們連水都不敢碰；我軟硬兼施都沒辦法讓他們下到水裡頭去，就算是狠狠地揍了他們也不管用。讓我再好好看看那顆蛋，沒錯，這絕對就是一顆火雞蛋，讓它去詐騙別的鴨子，妳快去教妳的其他孩子游泳吧。」

「哦，我還是再孵一會兒吧。既然我都已經孵了那麼久，不妨就再多孵個十天半個月吧。」母鴨說。

「那妳就好自為之吧。」老鴨子說完，就搖搖晃晃地走掉了。

終於，這顆特別大的蛋裂開了。「唧！」小孩一邊叫著，一邊從蛋殼裡磕磕絆絆地走出來，原來是隻又大又醜的鴨子。母鴨仔細地端詳著他。「這真是一隻大得嚇人的小鴨子。」母鴨心想：「他看起來完全不像其他小孩，難道真的會是火雞的小孩嗎？好吧，馬上就能見分曉了，他一定得給我下水，即使是要我親自動腳把他踹下水去。」

第二天的天氣非常晴朗，陽光照耀在所有綠色的牛蒡葉上。

母鴨領著整窩的孩子往壕溝那裡去。她先下了水。「嘎嘎，嘎嘎，」她叫著。然後，一隻又一隻的小鴨接二連三地噗通跳進水裡。水流漫過了他們的頭，但是他們輕巧地探出頭來，晃晃悠悠地漂浮在水上，後腿也自然地划動起來。所有的鴨子都在水上了，連那隻又大又醜的灰鴨子也在裡頭游著泳。

「哦，他果然不是火雞呢，」她說：「看看他的雙腿，使得多麼好呀，浮在水面上多麼沉穩呀。他畢竟是我親生的兒子，如果看得更仔細些，他也有好看的一面。嘎嘎，嘎嘎，讓我帶你們出去見見世面，把你們介紹給養鴨場的親友吧！但是要跟緊一點，這樣你們才不會被踩到，還有，要特別注意貓！」

於是他們游著水進入了養鴨場。裡頭傳來一陣喧鬧聲，原來是有兩隻鴨子正在搶奪一個鰻魚的頭，但是，後來卻被一隻貓兒半路殺出來劫走了。

「你們看到沒有，這就是世界真實的樣子。」母鴨說。她舔了舔嘴，因為她自己也想吃那個鰻魚頭。「划動你們的腳，打起精神來！要注意在那裡有一隻老母鴨，不管什麼時候看見了她都要鞠躬，因為她是我們這裡最高貴的鴨；她可是有西班牙血統，這是為什麼她會那麼胖的原因。看見她腳上纏著的那塊紅布了嗎？那是一件非常了不起的東西呀，是一隻鴨子可以得到的最高

榮耀；那代表了人類不想要失去她，所以不管是人還是動物都得注意她。不要把你們的腳掌往內縮進去，有教養的鴨子是把腳掌往外張開的，就像他的爸爸和媽媽那樣，像這樣。現在，縮起你們的脖子，說『嘎，嘎！』」

他們按照她所說的做了。但是周圍的其他鴨子看見了他們，便大聲地說：「看看！又來一窩蹭飯的新鴨子了，好像我們還沒受夠似的。尤其是那邊那隻，呸！看起來特別醜的小傢伙！我們這裡可不是什麼鴨都能待的。」一隻鴨子衝了過去，啄了那隻小鴨的脖子。

「放開他，」他的母親說：「他可沒有招惹誰呀。」

「話是不錯，」咬他的那隻小鴨說：「但是他的樣子太碩大、太詭異了，所以他最好能多懂一點規矩。」

「妳的孩子們可都是漂亮寶貝呀，媽媽，」那隻腳上纏著紅布的老母鴨說：「只有一隻例外，他被孵出來的時候恐怕出了差錯，可惜妳不能再重新孵他。」

「這確實是一點辦法也沒有，尊貴的夫人。」母鴨說：「他是不俊美，但是他的性子是好的，游起水來也不比其他小鴨差到哪裡去。硬要說的話，他甚至比他們更好一點。我想他的模樣會慢慢變漂亮的，再過一陣子，他看起來就不會那麼高大了。他

只是在蛋裡待得太久了，他的身材本來不該長成這樣的。」她啄了啄他的脖子，為他理了理羽毛，一邊說道：「再說，他是個男孩，所以關係不大。我想他能長得很強壯，他會有出息的。」

「其他的小鴨子倒是沒什麼問題，」老母鴨說：「你們就待在這兒別客氣吧。如果你們找到了鰻魚頭，可以把它送來給我。」

所以他們過得很愜意。可是那個最後從蛋裡出來、看起來很醜的可憐小鴨，卻總是被其他的鴨子追逐和嘲笑。「他是個笨大個兒。」他們都這麼說。有一隻公火雞，因為生下來腳上多生出距骨，就自以為尊貴無比，走起路來像一艘鼓滿了風的帆船，他氣勢洶洶地朝著這隻可憐的小鴨走來，瞪著他；嘴裡不斷發出咯咯的聲音，臉也漲得通紅。小鴨不知道自己該往哪裡站，該往哪裡走。他非常悲傷，因為他長得太醜，使他成為這一帶雞鴨們的箭靶。

這只是第一天，之後的日子更是每況愈下。這隻可憐的小鴨被大家追趕和霸凌，就連自己的兄弟姊妹也虐待他。「哦，」他們總是說：「我們巴不得那隻貓兒能抓住你，你這個醜傢伙。」他的母親也說：「我看你還是閃遠一點的好。」鴨子們掐他、母雞們啄他，就連餵食他們的那個女孩也用腳踹他。

終於，他跳過籬笆逃走了。灌木叢裡的小鳥被他嚇得驚慌地飛走。「這一定是因為我太醜了。」他閉上眼睛這麼想著。但是，他還是一口氣跑到了一片住著野鴨子的大沼澤地。他在那裡躺了一整夜，身體和心裡都感到精疲力竭。

　　天亮以後，野鴨子們走了過來，來看一看這位新來的朋友。「你是一隻什麼呀？」他們問，小鴨對著他們一個一個恭恭敬敬地低頭鞠躬，但是沒回答什麼。他們對他說：「你的樣子還真是醜得可以。不過，只要你不和我們家的人有什麼牽扯，那對我們也就無所謂了。」

　　可憐的小鴨！他當然從來沒有想過關於談戀愛的事。他所乞求的只是能被允許躺在蘆葦叢裡，喝上一點沼澤裡的水。

　　在那裡他待了兩個整天。然後，他遇見了兩隻從別處飛來的野雁，是兩隻小公雁。他們才剛從蛋殼裡出來不久，所以顯得有些目中無人、又很貪玩。

　　「我說，老兄啊，」他們說：「你的樣子真是醜得逗趣。我們喜歡你，跟我們一起當一隻候鳥吧。附近的另一個沼澤地裡，有一些迷人的野雁，都是些還沒有對象的女孩，知道怎麼嘎嘎，你懂的。你的怪樣子，肯定能吸引不少目光。」

　　砰！砰！巨大的槍聲在空中響起，這兩隻野雁倒臥在蘆葦

旁，水面被他們的鮮血染紅了。砰！砰！槍聲又響起，成群的野雁從蘆葦叢裡飛了出來。接著又響起了一連串的槍聲，原來是一個大規模的打獵活動正在進行。獵人們埋伏在沼澤的周圍，有的甚至躲藏在附近的樹上。槍管冒出的藍色煙霧從樹蔭下升起，又從水面上向遠方飄散。

獵犬趴噠趴噠地穿過泥濘地衝了過來，燈芯草和蘆葦向兩旁倒下。這一切可把這隻可憐的小鴨嚇壞了，他扭過頭來藏在翅膀底下。但是，就在這一刻，一隻巨大的獵犬出現在他的身旁，從嘴裡伸出了舌頭，而那張開的大口裡，露出了鋒利的尖牙；那瞪大的眼睛也投射出兇惡的目光。他的鼻子已經頂到小鴨身上了。趴噠，趴噠，忽然他又踩著泥濘跑開了，並沒有為難小鴨。

「謝天謝地，」他呼出了一大口氣，說道：「我醜得連狗都懶得咬我了。」

他躺著一動也不動，槍聲此起彼落，子彈在蘆葦叢間不斷地飛來飛去。天色終於暗了下來，只是那隻可憐的小鴨仍然不敢動彈。他又等了好幾個小時，才敢冒險探頭向四周觀望，接著他用盡所有的力量，快速地逃離沼澤地。他跑過了田野和牧草地；風勢是如此猛烈，使他不得不更費力地向前奔跑。

當天夜裡，他來到了一個簡陋的農家小屋，它是那麼地殘

破，在風中搖搖晃晃，不知道將會往哪個方向倒，或者什麼時候會倒下。大風強勁地吹著小鴨，使他不得不在小屋旁低低地蹲下來，不讓自己被吹走。風勢愈來愈難抵擋了，這時，他注意到小屋的門上有一個已經鬆動了的鉸鏈，木門歪歪斜斜地露出一個足夠大的空隙，容許他鑽到屋子裡去。

屋子裡住著一個老太太，還有她養的公貓和母雞。那隻貓被老太太喚作「兒子」。他能把背高高拱起，發出喵喵的叫聲，身上還能發出火花，不過那得用特殊的方式摸他的毛。母雞的腿很短，因此老太太管她叫「短腿雞仔」。她很會下蛋，所以老太太也很愛她，像是愛自己的孩子那樣。

到了早上，他們很快地就注意到那隻奇怪的小鴨了。貓發出了喵喵聲，母雞也咕咕叫地著。

「你們吵什麼呢？」老太太環顧四周，但是她有近視，所以把小鴨誤認成一隻迷路的母肥鴨。「這可真是難得的好運呀，」她說：「以後我有鴨蛋吃了。希望不是一隻公鴨子才好。讓我們等著看看吧。」所以小鴨被觀察了三個星期，但還是沒能下出一顆鴨蛋。

在這個屋子裡，貓是主人，母雞是女主人。他們總是說「我們和這世界」，因為他們認為自己已經代表半個世界了，甚至是

比較好的那一半。小鴨對這種想法不太同意，而母雞很受不了小鴨的這種態度。

「你能夠下蛋嗎？」她問

「不能。」

「那麼，你還是識相一點吧。」

「你能夠拱起你的背，發出喵喵的叫聲，或者弄出火花嗎？」

「不能。」

「那麼，當明智的人在講話時，你還是乖乖地閉上鴨嘴吧。」

小鴨自己坐在角落裡，心情非常沮喪。然後他想起了新鮮的空氣和明亮的陽光，忍不住對母雞說出了想在水面上游泳的渴望。

「你的腦袋裡都裝著什麼呀？」母雞大喊：「你就是沒有正經事兒可幹，才會有那些無聊透頂的念頭。生一顆鴨蛋出來，不然至少學會喵喵叫，你的那些怪想法就不會出現了。」

「不過，在水面上游泳是件多麼舒爽的事呀！當你潛到水裡，水完全淹沒你的頭，那種感覺真是太痛快了。」小鴨說。

「是！一定很痛快！」母雞說：「我看你八成是瘋了。去問

問貓兒吧，他是我認識的動物裡最聰明的，看他喜不喜歡游泳，還是鑽到水裡面去，我就先不說自己的評論了。不然，去問問老太太，我們的女主人，世界上沒有什麼人比她更睿智了，你想她會像你所說的那樣，喜歡游泳還是讓水淹過她的頭頂嗎？」

「你們一點都不了解我。」小鴨說。

「好吧，我們不了解你，誰能了解你呀？先別提我了，你總不會認為自己比貓兒和老太太更聰明吧？別那麼目中無人，孩子，好好謝謝老天爺讓我們對你發的善心吧！難道你不是來到了一個這麼舒適的地方，而且還有一些朋友可以教教你世界上的道理嗎？不過你可真是個笨瓜，讓你待在身邊挺沒意思的。相信我，我對你說的這些話對你只有好處。我說出這些不中聽的事實，這樣你才會真正知道，誰是真的拿你當朋友。現在，我勸你好好認真地生出一些蛋來，或者是學會喵喵叫，或者是怎麼弄出火花。」

「我想我還是回到外面廣大的世界吧。」小鴨說。

「那麼，請自便吧。」母雞說。

所以小鴨離開了。他在水面上游水，又潛進了水裡頭。只是，因為他的樣子難看，所以沒有什麼動物注意到他。

秋天來了。森林裡的葉子變成了黃色和棕色。冷風把它們

捲走，讓它們在天空中飛舞。掛著雪花和冰雹的雲垂得低低的，所以天空看起來格外寒冷。烏鴉棲息在籬笆上，凍得尖叫著：「呱！呱！」可憐的小鴨這段時間以來，日子過得並不愜意！

有一天晚上，就在太陽西下、雲彩正絢爛的時候，一大群漂亮的鳥兒翩然出現在蘆葦之間。小鴨從來沒有見過這麼漂亮的鳥兒，他們的羽毛白得耀眼，優美的頸子彎彎的；原來，他們是一群天鵝。他們發出了奇特的叫聲，然後，展開了華麗的翅膀，將要從這片寒冷的地方，飛到溫暖的國家和開闊的水域。他們高高地騰飛而升，飛得如此地高；小鴨呆望著他們，心中升起了一種奇異的興奮感。他在水面上像一個車輪似的不斷旋轉，然後朝著他們伸長了脖子，不自覺地發出了一聲響亮的尖叫聲，連他自己也嚇了一大跳。噢！那些燦爛而幸福的鳥兒是如此令他難以忘懷。當他再也看不見他們的身影以後，他把自己潛進水裡；再度浮出水面時，他已是全然地失魂落魄了。他不知道他們是什麼鳥兒，也不知道他們將前往何處。但是他愛上了那些鳥兒，勝過從前所愛過的任何東西。然而，他並不羨慕他們，他怎麼敢去夢想自己能擁有那夢幻般的美麗呢？只要有鴨子願意忍受他這個可憐的醜東西，他就已經謝天謝地了。

冬天變得愈來愈寒冷——冷到難以忍受的地步。小鴨不得不

在水上游來游去，水面才不致於凍結。但是，他能游泳的那一塊地方卻在一天天地變小；後來，水面凍得實在厲害，小鴨必須不斷划水，才能避免水被冰完全封閉。最後，他實在太累睡著了，於是冰塊漸漸地把昏睡過去的他，一起給冰凍住了。

到了隔天清晨，有一個農夫從這裡經過，當他看見有隻鴨子被凍僵在池塘的水面，便立刻走了過來；他用木鞋敲破冰塊，然後把鴨子帶回家給妻子。那隻小鴨漸漸恢復了知覺。但是當孩子們想和他玩耍的時候，他以為他們會傷害他。他嚇壞了，立刻撲到牛奶桶裡，把牛奶濺得滿屋子到處都是。那女人尖叫起來，拍著手，這讓小鴨更害怕了。他先是撲進奶油桶裡，又飛進麵粉盆，然後又跳了出來。想像一下他現在慘不忍睹的模樣吧！女人尖叫著，找來火鉗要打他一頓。孩子們也試圖抓住他，卻摔得東倒西歪，他們又笑又叫。幸虧，大門被打開了，小鴨便從那裡逃了出去，躲進灌木叢裡。在白雪新降的大地上，他茫茫然地躺了下來。

但是，光是講述小鴨在這個殘酷的寒冬裡不得不忍受的一切艱辛，未免太令人傷感。當溫暖的太陽再次照耀大地時，沼澤蘆葦中的小鴨仍然活著。百靈鳥又開始唱起悅耳的歌了。這又是另一個美麗的春天了。

突然，他展開了翅膀，發覺它們比以前更加強健有力。翅膀托著他高高地衝向空中，這股衝力帶著他飛了很遠。在明白發生了什麼事之前，他發現自己已經來到了一個蘋果樹盛開的大花園。紫丁香充滿了甜美的氣息，它細長而鮮綠的枝椏垂到彎彎曲曲的溪流裡。噢，在初春時節，處處都洋溢著清新的氣息。

　　這時在他前方的叢林裡，出現了三隻可愛的白天鵝。他們抖了抖羽毛，輕盈地漂浮在清澈的水面上。小鴨立刻認出了這些高貴的生物，此時有一種奇異的悲傷忽然湧上他的心頭。

　　「我想要待在這些高貴的鳥兒附近，但是他們大概會把我咬個半死，因為我──這個如此醜陋的傢伙──竟然敢走近他們。不過，我不在乎，最好是被他們咬死，也勝過被鴨子啄，被母雞咬，被雞場的女孩踹，或者是在冬天裡遭受飢寒的痛苦。」

　　於是他飛到了水邊，向著燦爛的白天鵝游過去。他們看見了他，便抖了抖羽毛迎向他。「殺死我吧！」這隻可憐的生物說，他低下頭等待死亡。但是，這時他似乎從水裡看見了什麼，是什麼倒映在平靜的水面上呢？原來是他自己的倒影。而他所看見的，已不再是那個笨拙、骯髒、難看又討人厭的樣子了。他自己也長成一隻天鵝了！原來，從天鵝的蛋孵化而出才是關鍵，出生在養鴨場又如何呢？

此刻的他心中感到無比慶幸，在經歷了這麼多的苦難和不幸之後，他對於自己的幸運和所享有的美好，有了更全面的認識。老天鵝們在他周圍游來游去，用他們的嘴輕撫著他。

　　這時有幾個小孩子走進了花園，把水果和麵包撒在水面上。最小的一個孩子喊道：「這一隻是新來的。」其他小孩也雀躍地說：「是呀，來了新的天鵝。」他們歡欣鼓舞地拍著手，跑去拉他們的父母過來看。

　　他們又把麵包和蛋糕扔在水面上，大家都異口同聲地說：「新來的天鵝是最俊美的；他的年紀輕，樣子又好看。」那些老天鵝游到新天鵝面前，也不禁低下頭向他致意。

　　然後，他感到非常害羞，把頭藏進了自己的翅膀底下，不知道該怎麼辦才好。雖然心中非常高興，但他一點也不驕傲，因為一顆善良的心是永遠不會驕傲的。他想起自己曾經遭受什麼樣的逼迫和虐待，而現在他卻聽見大家稱他為「漂亮的鳥兒當中最漂亮的那隻」。紫丁香花把它們的枝椏垂到了他面前的小溪裡，陽光是如此地溫暖，如此地沁人心脾。他搧動自己的雙翅，伸直了細長的脖子，從心底快樂地吶喊著：「當我還是一隻醜小鴨時，從來不曾夢想到世上原來有這麼多的幸福美好。」

新來的天鵝是最俊美的。

故事賞析

　　安徒生將自己年少時的成長經歷，投射到他的許多童話作品裡，尤其以〈醜小鴨〉最為聞名。即使只是這樣一個小故事，也不由得令人驚異安徒生賦予童話的力量，讓文字顯現其巨大的力量。它絕不只是娛樂了兒童，或者灌輸某些道德教訓而已。它使人在故事裡更加清楚地看見了自己——即使這個自己，已經被年紀、知識和閱歷層層包裹起來了。也看見了他人——原來他人和我的內心，有這麼多的相似和不同之處。還看見了一個多姿多采、萬物有情的世界——即使是動物、植物、物品，都可以擁有自己獨特的性格和生平，或者在想像中擁有一個寶貴的生命。

　　人無法選擇自己出生的家庭，但不管是什麼樣的背景都帶來某些生命功課。雖然有些人的功課更為困難，不過，能夠成功完成困難的功課，也意謂著這個生命養成了更堅強的韌性和抗力。醜小鴨逃離了因為他的奇怪模樣而嫌棄他的家庭，展開流浪小孩般的生涯。他先是認識了兩隻野雁，他們願意接納他、帶他到附近的另一個沼澤地去混。可是這兩個新朋友卻被獵人開槍打死了，他只好不斷地向前奔跑。後來，他找到了一個可以為他遮風擋雨的棲身之所——老太太的農家。儘管他可以在這個小世界

裡得到暫時安全和飽足，但是和老太太、公貓和母雞的相處過程中，他始終得不到自由和真正的接納，因為他們對他有錯誤的認識和期待。

醜小鴨的性格中有一種驕傲和倔強，使得他後來寧可在外面的天地裡挨餓受凍，也不願再回頭。秋天時，他曾偶然在蘆葦之間看見了一群白色的天鵝，「他再也無法忘懷那些燦爛而幸福的鳥兒了。」這是一個震撼他生命的重要時刻，使他的內在產生了一股趨向那些美麗身影的強烈渴望，但是他卻因為無法接近他們而「失魂落魄」。當春天再度來臨時，他終於又看見那群天鵝。安徒生這裡以神來之筆描述了那段淒苦的心境。當讀者讀到這段如此深刻的內心獨白，恐怕是很難不為之動容吧？

我們之中，想必有些人會因為醜小鴨經歷的苦澀酸甜，而勾起自己在成長過程中曾經遭遇的某些相似記憶，進而得到某種紓解和療癒。也許有些人會因為醜小鴨所展現的品格，而令自己的心性得到一些仁慈悲憫的滋養。又或許，有些人能夠從故事裡汲取到一些堅持懷抱夢想、勇往直前的力量，增加了幾分對獲得幸福人生的期盼和希望。

O5

冰雪女王

—— 由七個故事組成的童話 ——

1

魔鏡的碎片

　　各位朋友，現在我將開始為大家講幾個故事。在這些生動有趣的故事裡，會出現許多人們先前所不知道的事。這是一個關於黑心魔法師的故事。在所有的魔法師裡就屬他最壞，簡直是一個邪惡透頂的魔法師！他的模樣和所作所為都讓人討厭！比如說，他在某一天打造了一面特殊的鏡子，為此感到十分得意！這面鏡子的特別之處在於：無論是什麼奇妙、美好的事物，只要被這鏡子一照，便會立刻縮小成一團，最後化為烏有。反而是那些醜陋、無用的事物，卻會立刻被放大和強化，比原來還要醜上十倍。就因為這個緣故，最美麗的風景，只要被這鏡子一照，就會看起來像一堆煮爛了的菠菜；而即使是最漂亮的人，被鏡子一

照，也會顯得奇形怪狀或者頭下腳上，外貌整個被扭曲，醜得就連他們的朋友也不敢看上一眼。最氣人的是，如果有誰的臉上只不過長了一點雀斑，只要一照那鏡子，它們便會長到他的嘴巴和鼻子上，直到佈滿整張臉孔。

聽這個魔法師說，這鏡子給他最大的樂趣是，就算是一個心地善良又虔誠的人，若被鏡子一照，也會生出一些為非作歹的念頭。魔法師自以為發明了一面無比巧妙的鏡子，忍不住開心地冷笑了幾聲。對著那些經常光臨魔法學校的人，魔法師不斷教導和宣傳這面魔鏡的名聲；他宣稱，通過魔鏡，世界和人類現在被見到的樣子，就是他們真正的面目。於是，那些經常光臨魔法學校的人，便帶著這面鏡子從一個地方走到另一個地方，直到世界上再沒有一個國家、沒有一個人不被魔鏡所扭曲。接著，魔鏡的崇拜者竟然還放肆地想要把它帶到天界去，狂妄地想在那裡嘲笑上帝和天使們。只是，就在他們帶著魔鏡愈飛愈高之際，它不停地發出怪笑聲，又劇烈地抖動，令他們幾乎拿不住它。最後，魔鏡實在晃動得太厲害了，因而從他們的手上脫落。魔鏡墜落到凡塵裡，當它跌落在地面上時，粉碎成數百萬、數千萬片。終於，災難還是降臨了。

它造成了比先前更大的不幸。它的所有碎片，幾乎不比一顆

那些經常光臨魔法學校的人宣稱,世
界上再沒有一個國家、沒有一個人不
被魔鏡所扭曲。

沙子大，卻造成了可怕的結果，因為每個小碎片都保留了鏡子原本的特性。它們飛散到空氣中以後，有的碎屑飄進了人們的眼睛裡，導致他們用醜化的眼光去看待一切事物，只看得見歪曲和腐敗。有些不幸的人，小碎片落進了他們的心，讓他們變得又冷酷又堅硬，彷彿一團冰塊。

有些碎片被用來製造成玻璃。人們用這種玻璃做成了擋風的窗戶；透過它去看自己的朋友，不但無法把人和東西看得清楚，反而滋生出困惑和害怕。更有些碎片被製成眼鏡，讓配戴了這些眼鏡的人生出許多事端！美好的世界於是逐漸變得醜陋、雜亂無章起來！

邪惡的魔法師為所有這些壞事感到非常自豪。他哈哈大笑起來，直到他的雙頰生疼。現在，仍然有一些魔鏡的小碎屑在空中飄舞，我們很快就會知道關於它們的事。

2
小男孩和小女孩

在世界的一角，有一個人口密集的大城市，裡面有著許多房子和居民，因為住得擁擠，所以沒有足夠的空間讓所有人都能擁有自己的小花園；因此許多愛花的人，只好將自己喜愛的花草種植在花盆裡。有兩個窮人家的孩子住在那兒，他們就比較幸運一點，至少擁有比花盆大一點的小花園；他們雖然不是血緣上的兄妹，卻彼此相親相愛，感情勝過手足，就好像他們天生本該如此似的。他們兩家人住得非常近，各自住在兩個正對著的閣樓裡頭。

鄰人們的房子屋頂幾乎與另一戶交疊在一起，排水的溝槽穿越其間架設；而每個屋頂都有一個小窗口，小朋友們可以從一個窗口，沿著溝槽跨到另一個窗口去。巧的是，這兩個孩子的父母都有一個大木箱，裡面種了一些廚房用得上的蔬菜，他們把木箱放在窗子外頭。兩個箱子裡各自栽植了美麗的小玫瑰花，猩紅色的花精靈將它們長長的枝條攀附在窗戶上；而且，玫瑰花樹的枝條還彼此交纏在一塊，就像是圍成了一道橫跨兩端的華麗拱門，看上去別有一番景致。箱子被父母放在高高的地方，不過只要一

有機會，孩子們就會跑來坐在玫瑰花下的小凳子上。就這樣，他們度過了許多難忘的甜美時光。

　　只不過，冬天的到來結束了這些歡趣。當兩家的窗子上頭結了厚厚的冰，朦朦朧朧的，什麼也看不清楚。這個時候，他們就會拿來一個半便士的銅板，放到爐子上烤一烤，再把這枚熱銅板貼到凍結的窗格上，形成一個圓形的小孔。於是，在那兩扇窗戶的兩個圓孔後面，便各自閃耀著兩隻明亮又溫柔的眼睛。

　　小男孩的名字叫凱伊，小女孩叫歌爾妲。在炎熱的夏天，他們只需要爬出窗戶，邁開小腿，就能跳到對方的窗戶裡去。但是，當嚴寒的冬天到來時，兩個人就只能在樓梯爬上爬下，或者跑到那寒風咆哮、白雪靄靄的雪地裡，一起開心地玩耍。

　　「看見了沒有？那一團團簇擁在一起的小白點就像是白色的蜜蜂呢！」老奶奶慈祥地說。

　　「那麼，它們當中也會有女王嗎？」小男孩問，因為他知道真正的蜜蜂群裡總會有那麼一個。

　　「有呀，」老祖母說：「女王總是飛在雪花群的中央；她是他們之中個頭最大的，又特別不安分，永遠不會靜靜地停在地上，而總是在密集的雪花群裡飛來飛去。有時在寒冷的冬天夜裡，她還會飛過城裡的街道，朝著窗戶張望，吐著嚴寒的氣

息，然後它們就會被覆蓋上神祕而美麗的冰晶，那形狀像樹又像花。」

「是了，我見過她！」兩個孩子說——他們知道真的是那樣。

「冰雪的女王能進到我們這兒嗎？」小女孩問。

「如果她願意來的話，」男孩說：「我就邀請她來作客。那咱們就請她坐在溫暖的爐子上；只不過這樣一來，她也就會跟著融化了。」

老奶奶慈祥地看著小凱伊，伸出手來撫摸著他的頭髮，然後開始說起其他的故事。

那一天夜裡，小凱伊回到家正要上床睡覺。就在脫了一半衣服以後，他踩到板凳上、靠在窗邊，想從剛弄出來的小圓孔向外窺探。這時，漫天的雪花紛紛飄落在大地上；紛繁的雪花中最大的一片，落在種花的木箱子上。雪堆愈來愈高，時間愈來愈長，最後堆成了一位少女的樣子。這個少女身上披著一件華麗的白色輕紗，那白紗閃閃發亮，就像是由天上的千萬顆繁星點綴、編織而成。他定眼一看，那少女剎那間變得更加甜美，從她身上散發出五彩絢爛的光芒，令人感覺到她就像是有了活潑的生命一般。她那一雙又大又明亮的眼睛，就像是兩顆閃亮的星星在閃爍著，

只不過，從這雙眼睛裡卻看不到安詳和寧靜。這時，她似乎對著窗裡的人點了點頭，招了招手。這可讓小男孩吃了一驚，立刻從凳子上跳下，藏了起來，他懷疑自己不過是看見一隻大鳥飛過窗戶而已。

四處的冰雪漸漸融化，一層層亮晶晶的寒霜都被解了凍，因為春天的腳步已經臨近。一輪圓圓的紅日，爬上山邊放射出和煦的千百道光芒，充滿朝氣的綠樹冒出了許多綠芽。鳥兒們又開始構築他們的新巢，人們敞開了窗子，迎接美好的春天。這對小兄妹又跑到了樓頂上的花園裡玩耍，一同徜徉在春天的美景裡。

到了夏日時節，暑氣難消，但玫瑰花爭奇鬥艷，五顏六色地開滿了小小的花園。小女孩學會了一首聖詩，是關於玫瑰的，這讓她想到自己家裡種的玫瑰花。小男孩也學小女孩唱了這首聖詩，兩個人都非常開心。小女孩這樣唱：

「我們的玫瑰綻放又凋零，

我們的聖嬰卻永遠都在；

願我們蒙福親見祂的面，

就像是永遠的小孩們。」

這時，小兄妹手牽著手，親吻了玫瑰花，又朝著藍天歡唱，不斷地談著笑著。多麼光輝的夏日時光呀！如此美好、如此歡

樂。當兩人又並肩坐在玫瑰花樹下，就彷彿這鮮豔的花樹永遠不會凋謝，他們永遠也不會分開似的。

有一天，凱伊和歌爾妲正坐在一起看著關於小鳥和動物的圖畫書，這時老教堂的大鐘噹噹地敲了五下，已經是五點鐘了。忽然，凱伊大叫了一聲：「哎約！老天，我的心臟怎麼痛了起來！眼睛也睜不開了，什麼都看不清，好像有什麼東西掉進我的眼睛裡！」

小女孩急忙用一隻手抱住他的脖子，另一隻手撐開他的眼睛吹了吹，關切地望著他，說：「我沒看見什麼東西，什麼也沒有呀！」「咦，現在我感覺眼睛又不疼了。」小男孩喘了口氣說。

可是，這一切全都是那個邪惡魔法師搞的鬼；而掉在小男孩眼睛裡的東西其實還留在裡面，那是魔鏡的碎屑。這個魔鏡確實害人不淺，它的本性惡劣，讓世界上所有美妙、偉大的東西全部變得枯瘦、可厭；將友善變得邪惡，將原來就是醜陋、敗壞的東西變得更加糟糕。因為它將暴露每件事物的缺點，讓它們的醜惡更加明顯。

可憐的小凱伊，有一塊小小的碎片也盪進了他的心，藏在他心底深處。雖然他並沒感覺到痛楚，但是魔鏡的碎片其實已經讓他的內心變得像堅冰一樣冷酷，他所有的感覺也逐漸變得麻木

了。

　　「妳為什麼要哭呀？」凱伊問：「為什麼妳哭的樣子，變得這麼難看呀？呃！」他又突然喊叫道：「妳看，那朵玫瑰有隻蟲子在上面！快看，這邊的幾朵也已經枯萎了！其實，這些玫瑰長得醜醜的，而裝著它的那口大木箱，也是難看得很哪！」無端惱怒的他，還朝著大木箱踢了一腳，然後又扯掉了幾朵花。

　　「喔，凱伊！快住手，你做了什麼好事？」歌爾妲大叫起來。

　　變得讓人簡直不認識的小凱伊，看見自己已經嚇壞了小女孩，又捏碎了一朵玫瑰花；然後跳回自家的窗裡，不再理會還在屋外的小歌爾妲。

　　歌爾妲只好拿起圖畫書跟了進來，可是凱伊卻說：「妳可真幼稚，這種給寶寶看的圖畫書妳也拿進來看。」當老奶奶給他們講故事的時候，老奶奶一講起話，他便總是不斷地插話；一逮到機會，他就在老奶奶背後，戴上一副老花眼鏡，模仿她的樣子，作出令人發笑的動作。沒過多久，大街上每個人的一舉一動，都被他模仿得唯妙唯肖；無論是古怪的，還是笨拙的，凱伊總能模仿得出來。所以，街坊鄰居都想：「這個孩子可真是機伶。」可是，誰能料想得到，這些全都是因為他眼裡和心裡的玻璃碎片在

作怪呢。他不顧受作弄而難過的人們心裡的感覺，甚至也嘲笑了最最喜歡著他的小歌爾姐。

　　從此以後，他的膽子更大了，玩的花樣也愈來愈多。和以往不同的是，他的那些遊戲是經過精心設計的。在一個寒冷的冬天裡，漫天的白雪四處紛飛；這時凱伊從家裡拿出一把大大的放大鏡，又抓著藍色大衣的一角，讓雪花任意地飄落在那上頭。

　　「歌爾姐，過來這裡，看看這個放大鏡！」他說著，一邊走回屋裡。每片雪花都被放大了，就像是一朵朵燦爛的金花，又像是十角狀的星星，它們迷人極了。「看，這樣子看起來多麼奇妙呀！」凱伊說：「這些放大了的雪花，看上去比起那些真正的花有趣多了。它們沒有任何瑕疵呢；要是能夠不化掉的話，那可就是真正的完美了！」

　　這時凱伊又從屋裡拿了一副手套戴在手上，並且在背上掛了一個雪橇。「我現在要去廣場那邊，找其他的那些朋友玩了！」他向歌爾姐喊著，就匆匆跑了出去。

　　廣場上的小孩們個個頑皮無比，他們經常把自己的雪橇拴在路過的馬車上，就這樣一路跟著馬車向前滑行好長一段距離。這種膽大妄為的行徑，讓他們樂不可支。這時，突然有一架漆成白色的大雪橇車從遠處滑了過來，坐在上面的那個人裹著一件雪

白色的皮襖，頭上戴著一頂棉帽。就在那雪橇車來勢洶洶地在廣場繞第二圈的時候，凱伊趁機將自己的雪橇拴在那人的大雪橇車上，順勢一帶，他便被自然而然地拉得好遠。他們的速度愈來愈快，逐漸滑到了另一條小街的中央。乘著大雪橇車的那個人轉過頭來看了看後面的凱伊，友好地對他點點頭，雖然他們彼此不認識，但兩人卻像是已經很熟悉似的。一次又一次，每當凱伊想把自己的雪橇解開時，那個人都會轉過頭來對他笑一笑，就像是堅持要凱伊繼續好好地待著。所以，雪橇車帶著凱伊就這樣一路滑向城門外。

此時，天空中開始飄起了漫天的大雪，凱伊仍然在大雪橇的拉動下快速地滑行，前方已經是一片迷茫，伸手不見五指。現在的他開始感覺不安了，他急著想解開繩索，但是卻無濟於事，因為繩子被拴得太緊了。這下子可把凱伊急壞了，他大聲喊叫，但是沒有人聽見。大雪依然下著，而雪橇車也依然向前滑行著，又快又顛簸，不時騰躍了幾下，就像是在朦朧中越過了籬笆和溝渠，接著又穿過了一望無際的草原。這讓靠在雪橇車後頭的凱伊更害怕了，只能不住地向上帝祈禱。他腦中一片空白，只記得乘法表了。

一片片鵝毛般的雪花鋪天蓋地而下，不斷堆積在地面上變得

就像大白鵝似的。忽然之間，凱伊差點摔了出去，因為雪橇車停住了。坐在雪橇車上的那個人走了下來，只見那人身上穿的衣帽全都是用雪花做成的；就在那人走近時，凱伊仔細一看，原來她是一位面容姣好、體態曼妙，而且全身散發著白光的女子，這便是冰雪女王了。

「我們溜得可真快呀！」她笑著說：「只不過沒人喜歡這種凍僵人的天氣，快罩上我的熊皮大衣吧。」於是，她把他拉到自己的身邊坐下，給他披上了大衣。凱伊頓時感覺到自己也沉入了雪堆之中。

「你現在還覺得冷嗎？」她問，並且在他的額頭印上了一吻。喔，這一吻竟然比冰雪更令人寒冷。一股寒氣直逼他的心窩，讓原本就已經感到寒冷的他，簡直快要喘不過氣來。不過，過了一會兒他終於感覺到了一絲絲的暖意，而不再有那種令人窒息的冰冷了。

凱伊想起了自己的雪橇，便喊著：「我的雪橇！別忘了我的雪橇！」這是他所想到的第一件事。他的雪橇正被一隻大白鵝背著，白鵝正背著那雪橇飛快地跟在他們後面奔跑。女王又給了凱伊一個吻，凱伊的腦子頓時天旋地轉，好像失去了記憶，就連小歌爾姐、老奶奶，以及家裡所有的人全都給忘記了。

就這樣，凱伊度過了十分漫長的冬夜，他就在冰雪女王的腳邊，安安靜靜地沉睡下去。

3
被施咒的花園

　　只是，當小凱伊不知道跑到哪裡去，遲遲不見人影時，一直呆在雪地裡的小女孩歌爾妲心情會是如何呢？小凱伊能到哪裡去呢？孩子們誰也不知道他的去向。只不過，也有幾個孩子看見凱伊當時是被一架大雪橇車給帶走了，而且往城外的方向滑行而去。但後來就不知道他到底去哪裡了。這件事令許多人傷心，並且流下了不少眼淚；尤其是歌爾妲，她感到痛苦極了，因為男孩們都說凱伊一定已經死了。他們說，他八成是被大雪橇帶到城門外之後，不小心掉進河裡淹死了，然後身體漂到了離城外不遠的地方。這可真是一個漫長又灰暗的冬季呀！但是日子畢竟一天天地過去了，大地終究迎來了春天，陽光和煦地放送出溫暖。

　　「哎呀！凱伊死掉了，我永遠也見不到他了！」小歌爾妲說。

　　「他真的死了嗎？我可不相信。」陽光說。

　　「他是真的死掉了，再也見不到他了！」她對燕子說。

　　「那不可能，我們可不相信呢。」他們答道。到了後來，歌

151

爾姐自己也不相信凱伊死了。她想凱伊可能還活在世上。

　　「我要穿上我的那雙紅鞋，」這一天早上，她這樣對自己說：「那雙鞋是凱伊不曾看過的，然後我要到河邊去找他。」

　　就在這天的一大清早，她獨自一個人走出家門。天色才剛亮，她親了親還在熟睡的老奶奶；歌爾姐穿好了她的小紅鞋，踏上尋找凱伊的路途。

　　她走呀走著，穿過城門、終於來到了河邊。她對著河水喊道：「是真的嗎？您把我最親愛的小玩伴帶走了嗎？請您把我的凱伊還給我。如果您肯答應的話，我，願意把腳上的新紅鞋送給您做為交換，拜託拜託您！」

　　歌爾姐依稀感覺到水波有些異樣，就像是在對她表示同意。她非常高興地脫下自己的那雙紅鞋，拋進了河裡，這是所有她能夠回報給河水的禮物。只不過，她把它們丟得太靠近岸邊了，所以一股波浪就把小紅鞋沖回到了小女孩的腳邊。就好像是河水不願收下她這份貴重的禮物，因為他不願把小凱伊還給她。然而，歌爾姐心想，可能是因為自己沒有把小紅鞋拋得夠遠，於是她踏進了一條停靠在蘆葦岸邊的小船，而且走到離岸邊最遠的那一頭，把小紅鞋子再次拋向河水。只是，這條船並沒有被繩子繫住，所以她的動作使得小船產生了推力，緩緩地駛離岸邊，帶著

小女孩往河的中央漂了過去。這樣的狀況可把小女孩給嚇壞了；她急忙想下船，只是當她跑到距離岸邊最近的那一頭，小船和河岸的間隙卻已經太寬了。就這樣，小船搖搖晃晃地漂到了河流的深處。

嚇壞的歌爾妲急得哭了出來。雖然她大喊大叫著，可是四周除了幾隻小麻雀，沒有人聽見她的哭聲，而他們也無法帶她回到岸上。然而，友善的小麻雀還是跟在小船的後面，一邊飛、一邊唱著歌，就好像是想安慰她：「我們在這裡陪妳，我們在這裡陪妳呢！」小船緩緩地順著河水漂著。在麻雀的陪伴下，歌爾妲的心情逐漸平靜下來，她只好乖乖地待在船上。而她的那雙小紅鞋也跟在船的後面，只是，小船愈漂愈快，小紅鞋就逐漸跟不上了。

晴朗的天空萬里無雲，河岸兩旁有可愛秀麗的花草樹木，遠方則有綿羊和乳牛點綴著鮮綠色的山丘。這時有牛群和羊群低頭在綠地上吃草，可是卻連一個人也看不見。

「也許這條小河能帶我到我親愛的凱伊那裡去。」歌爾妲僥倖地期盼著。看著兩岸美麗的景色，漸漸地歌爾妲感覺到有些欣喜。又過了一會兒，小船帶著她漂進了一大片櫻桃園。在園子的中央有一棟小房子，它有著茅草的屋頂和藍色、紅色的窗戶；門

口還站著兩個木頭雕刻成的士兵，就像是隨時準備要向路過的船隻致敬。

小女孩朝著他們大喊大叫了起來，以為那兩個士兵是活人可以幫助她，沒有料到他們其實是木頭做的。當小船被沖得更靠近岸邊時，小女孩繼續朝著那兩個木頭士兵喊叫，只是他們仍舊對她不理不睬的。歌爾姐生氣了，所以叫得更大聲了。這時，有一位長得很奇怪的老太太從房子裡走了出來，她拄著一根拐杖，頭上戴著一頂黑色的大帽子，帽子上還點綴著幾朵鮮花。

「好孩子，妳怎麼到我這裡來了？那條大河肯定帶妳走了老遠的路吧。」老太太說。她走到岸邊，先是用那根帶鉤的拐杖將小船拉到岸邊，又伸手把小歌爾姐從船上給抱了下來。儘管能夠回到陸地上讓小歌爾姐心裡很高興，但是，這位老太太怪異的面貌又令她感到一絲害怕。

「快過來吧，妳是誰家的孩子呀？怎麼會跑到我這裡來呀？」老太太問。

小女孩於是一五一十地把整件事告訴了老太太。老太太搖了搖頭，一臉同情地說：「原來是這麼回事呀。」為了快一點找到哥哥凱伊，小女孩問老太太是否曾經見過小凱伊。可是，令人掃興的是，凱伊並沒有來過這裡，這讓歌爾姐有些失望。老太太安

「好孩子，妳怎麼到我這裡來了？那
條大河肯定帶妳走了老遠的路吧。」
老太太說。

那裡東想西想的。直到某一天，她瞥見女巫的大帽子上畫了許多花，當中有一株玫瑰花是最出色、最漂亮的。誰會料想到，女巫讓真正的玫瑰花從花園裡消失，沉入地底，卻偏偏百密一疏，忘了隱藏自己帽子上的玫瑰花。只是，這似乎是人們經常發生的疏忽。

「怎麼回事？我怎麼在花園裡看不到一朵玫瑰呢？」歌爾姐喊著。於是，她立刻跑回花園裡，急切地尋找玫瑰花；但令她失望的是，那裡一朵玫瑰花也沒有。無奈的歌爾姐只能沮喪地坐下，哭了起來。巧合的是，她的眼淚竟然落到了先前玫瑰花叢所在的地方。當溫暖的淚水濕潤了土地，剎那間，許許多多的玫瑰從土裡冒了出來，一朵朵爭先恐後地綻開，就如同沉入土裡之前那樣。這可把歌爾姐高興壞了，她展開手臂抱住玫瑰花，親吻它們。這時，歌爾姐想起了自己家裡的玫瑰花，又想起了自己最親愛的小玩伴凱伊。

「哎唷，我怎麼能留在這裡這麼久！這可太糟了！」小女孩喊了出來：「我離開家是為了尋找凱伊，請問你們有誰知道親愛的凱伊到哪裡去了嗎？」她向那些玫瑰花問道：「難道他是真的死掉了嗎？我是不是再也見不到他了？求求你們跟我說！」

「妳別哭，妳的小凱伊還沒有死。」玫瑰花對她說：「我們

曾經沉到地底下過，死人全都到那裡去了；但是，妳親愛的小哥哥卻沒有在那裡。所以，他可沒有死呢。」

「謝謝你。」歌爾妲說。然後，她又走近其他的花，對著那些彎低了花苞的花詢問凱伊的下落：「求求你們告訴我，凱伊在哪裡？」

站立在陽光下的花朵個個爭奇鬥艷、千姿百態，它們各自夢想著和講述著自己的小故事。儘管它們把自己的故事對歌爾妲說，但卻沒有誰知道她哥哥的下落。

有一朵橙黃色、捲著花瓣的虎皮百合花，對她說了個稀奇的故事：「妳是怎麼想的？妳聽見過鼓被敲得咚咚作響的聲音嗎？它們通常會發出令人震動的咚咚兩個音。聽那女人的輓歌，再聽那祭司們的呼聲。那位印度的寡婦穿著紅色長袍，站在給死人火葬的柴堆旁，猛烈的火焰向著她和她亡夫的身體燎上來。那位寡婦心中忐忑不安，卻是因為站在火堆旁的另一個人。他深深地吸引著她，她眼裡散發出的火光，竟比那堆真實的火焰還要炙熱。只見寡婦的心已經被完全點燃，就連一旁那快要將她化成灰燼的火焰，也不及她心中的那團火，簡直就快把她熔化了！那不滅的心火愈燒愈旺，寡婦感覺到自己已經無法再忍受下去，就要與那火焰一同燒盡了。」

「你所說的故事，我根本不明白。」歌爾妲說。「雖然妳不明白，但這就是我的故事。」虎皮百合花說。

接下來歌爾妲問杜鵑花，而它是這樣說的：「在那一段又陡又窄的山路旁，矗立著一座古老的城堡。在那古老的紅牆上長滿了濃密的長春藤，葉片一片接著一片地向陽台上爬。在陽台那裡站著一個美麗的女孩，她從欄杆上彎下腰來，看著那條山路，不知正期待著什麼。枝頭上的玫瑰花沒有一朵比她嬌豔，在風中招展的蘋果花也遠不及她輕盈。她美麗的絲綢裙子被風吹得沙沙作響，彷彿是在說『他怎麼還不過來呢？』」

「她是在等我的小凱伊哥哥嗎？」歌爾妲問。「哦，這只是在描述我夢中的故事而已。」杜鵑花笑著說。

雪花蓮也斜著臉蛋講起了自己的故事：「大樹上垂下了兩根繩子，繩子上懸掛著一塊木板，這是一個給小孩子們玩的鞦韆。鞦韆上面坐著兩個小女孩，身上穿著雪白色的衣服，頭上戴著飄著綠緞帶的小圓帽。她們的哥哥則是站在鞦韆上，伸出手臂挽著繩子讓自己站穩，他一隻手裡握著小杯子，另一隻手裡則拿著一根泥菸嘴，正在吹肥皂泡泡。鞦韆盪起來的時候，五光十色的泡泡也向天空飄了上去。最後一個泡泡還凝在菸嘴管上，隨風搖曳。鞦韆不停地盪來盪去，把一隻小黑狗吸引了過來。小黑狗輕

盈得像顆泡泡一樣，用後腿站立起來，也想要跳到鞦韆上去，但擺盪著的鞦韆讓他跳上去後又立刻滾了下來。他汪汪叫著，生了氣的樣子，把大家給逗樂了，這時泡泡紛紛爆開來。一塊搖盪的鞦韆板和一顆顆爆開的泡泡，就是我想說的故事。」

「你說的這個故事或許是很動聽，」歌爾姐說：「但是你說得有些悲傷，而且故事裡也沒有提到我的小凱伊。」

風信子又說了些什麼呢？「有三姊妹，個個長得美麗、白淨又嬌嫩。第一個穿著紅衣服，第二個穿著藍衣服，第三個穿著白衣服。在皎潔的月光下，她們手牽著手在寂靜的湖邊跳著舞。她們不是精靈，只是人類的女兒。甜蜜的芳香吸引了這三姊妹，於是她們便進入森林裡消失了，香氣在空氣中愈來愈濃郁。這時有三具棺材，從樹林的深處漂到湖上來，裡面躺著那三位美麗的女孩。螢火蟲輕盈地在她們上面飛著，就像是漂浮著的小燈。那三位跳舞的女孩是睡著了，還是死去了呢？花的香氣說她們已經死了，晚鐘為她們敲響了輓歌。」

「你說的故事可真讓我傷心。」歌爾姐說：「你們身上濃郁的香氣，讓我不由自主地想起那三位女孩了。哎呀，小凱伊是真的死了嗎？玫瑰花曾經到過地底下，它們說從來沒有見到過他呀。」

「叮叮，噹噹，」風信子的鈴兒響動了幾聲：「別急，我們的鈴聲不是為了小凱伊而響的。我們只是在唱自己的歌，我們唯一會唱的歌。」

歌爾姐走到正在鮮嫩的綠葉中閃閃發亮的金鳳花前。「你就像一輪光亮的小太陽，」歌爾姐說：「請告訴我，假如你知道的話，我到什麼地方可以找到我的小玩伴凱伊呢？」

這時的金鳳花正散發著光澤，它望著歌爾姐。它會為小女孩唱出什麼歌呢？這歌卻不是與凱伊有關的。

「在一個春光明媚的早晨，明亮的陽光暖洋洋地照耀著一個小小的院落。它那耀眼的光芒停駐在鄰家的白牆上；而牆邊正綻開著春天的第一朵黃花，它像暖陽中的金子一般閃閃發亮。有一個老奶奶就坐在屋子門口的一把扶手椅上；她的孫女，一個漂亮又貧窮的女孩，正好從外地回到家裡，她親吻了老奶奶。在這個幸福的親吻中藏有金子，心裡的金子。在這個美麗的早晨，每一個時刻都充滿了金子。這個呀，就是我要說的故事。」金鳳花說。

「我可憐的老奶奶呀！」歌爾姐嘆了一口氣說：「她現在一定正在等著我回家去呢，她想念著我，就像想念凱伊那樣；不過我很快就會回家，也會把凱伊一起帶回去的。問這些花兒關於凱

伊的事，根本沒有用處，它們只顧唱自己的歌，無法告訴我任何消息！」

　　為了可以跑得更快一點，她把自己的小罩衫紮了起來。但是就在她要跳過水仙花的時候，水仙花絆住了她的腳，就像是要阻止她。她只好停下來轉身，對著這幾株身姿苗條的黃色花朵問問：「也許你們有什麼消息可以告訴我，對嗎？」於是，她彎下身來靠近那朵花傾聽。水仙花開始說起了自己的故事。

　　「我可以看見我自己，真的，我可以看見我自己的身影！」水仙花說：「哦，我身上所散發的香氣，多麼迷人呀。在小閣樓裡站著一個小舞者，她有時用一條腿休息，有時用兩條腿。她把整個世界踩在她的腳底下，就像她只是一個幻影。她從茶壺裡把水倒在手裡拿著的一塊布上，那是她的貼身胸衣；愛乾淨是一件好事！她又把另一件白色裙子掛在一個鉤子上，那也是拿茶壺裡的水沖洗過、在房子的屋頂上晾乾了的。她穿上了這裙子，又在脖子上圍了一條橘黃色的圍巾，把這件白裙襯得更白了。伸展著一條腿，她站立了起來，好像立在一根花莖上的鮮花。我可以看見自己！我看見自己了！」

　　「我可不在乎這些，你不必告訴我。」小歌爾姐說：「這不關我的事！」然後，她往花園的盡頭跑去，但是花園的門被鎖上

了。不過，當她用力拉開那道生鏽的門閂時，門居然打開了，於是歌爾妲便光著腳跑了出去。她一邊跑，還不時向後張望，深怕有人跟著，但不見有什麼人追上來。後來她跑不動了，便在一顆大石頭上坐下來休息。當她向周圍觀看時，發現夏天已經過去，此時已來到了深秋時節。然而，這一切她在魔法花園竟渾然不覺，因為那裡每天都是陽光普照，花葉盛開。

　　「喔，我已經耽誤了多麼長的時間呀！」歌爾妲說：「如果現在已經是秋天了，那我可不能再耗下去了！」於是她站起身來繼續往前走。只是，她那雙小小的腿是多麼酸痛又疲憊呀。眼見前方的景象又是那麼寒冷、那麼荒涼。長長的柳樹葉已經轉黃了，露水在葉子上凝結成水珠滴落了下來。樹葉一片片地從各種樹上紛紛飄落，只有山楂還結著果實，但是它的果實簡直能把人的牙齒酸得掉下來。哦！這個蒼莽遼闊的世界，顯得多麼冷酷、灰暗又悲涼呀！

4
小王子和小公主

走了長長的一段路之後，歌爾姐實在太累，不得不再停下來休息。在她坐著的地方，她看見對面一棵樹的枯枝上，有一隻大烏鴉站在那裡，不時望向小歌爾姐這邊。過了一會兒，烏鴉晃頭晃腦地跳上前來，對她說：「呱！呱！日安，妳好呀！」烏鴉盡量把問候的話說得清楚，以表示對小歌爾姐的善意。接著，他又問她為什麼會這個時候出現在這片孤寂的大地上，孤零零的一個人，要往哪裡去？

歌爾姐對烏鴉的問話特別有感觸，尤其是對「孤零零」這個詞所表達的意思。因此，她就把這段時間以來的生活和遭遇，全都告訴了烏鴉，並問他是否曾經見到過凱伊？

烏鴉沉吟了一會兒，若有所思地說：「我想……我可能知道。」小女孩聽見後驚呼了起來：「什麼？你真的知道嗎？」歌爾姐慌張起來，她激動地抱起烏鴉，又熱烈地親他，幾乎讓他透不過氣來。

「輕一點、輕一點，妳先別急、先別急，」烏鴉說：「我可

能知道。我想那個小男孩有可能是凱伊。只不過因為公主的緣故，他這會兒大概已經把妳給忘掉了。」

「他是跟一位公主住在一起嗎？」歌爾妲問道。

「是呀，待我說得更清楚些，」烏鴉說：「可是你們的語言太難了！如果妳能聽懂烏鴉的語言就好了，我可以把整件事說得更完整。」

「那可不行，我不懂你們的語言。」歌爾妲說：「雖然我的祖母聽得懂，也會說這種語言，但是我可不會。但願我也曾經學過。」

「這也沒關係，」烏鴉說：「我會盡量用最好的方式說出我的故事。」烏鴉便把他所知道的事都說了出來。

「在我們現在所在的這個王國裡，」烏鴉說：「有一個絕頂聰明的公主，世界上所有的報紙她都讀過，但又把它們忘個精光，她就是如此地聰明。不久以前，她登上了王位，據人們說，坐那個位子並不是那麼舒服。之後，這位公主常常哼著一支新歌曲，這首歌裡只有一句：『我是不是應該結婚了呢？』她說：『是了，我為什麼不按這首歌裡所說的去做呢。』於是，她決定要物色一位合適的丈夫。只是，這個丈夫人選必須在人們和他說話的時候，擁有合宜的談吐，而不只是一個虛有其表的人，因為

那樣怪討人厭的。於是，她把宮裡的侍女們召集到跟前，對她們宣布了自己的決定。她們都為這個選婿的旨意感到高興，其中有人說：『這真是我心中所願呀！』另外，也有人已經早在為公主考慮結婚的事了。」烏鴉又繼續說：「相信我，我所說的每個字都是真的，因為我那個溫順的未婚妻，她可以在王宮裡自由出入，這些事全是她對我說的。」當然，烏鴉的情人也是一隻烏鴉，因為「鳥以類聚」，烏鴉還是愛烏鴉的。

「所有的報紙立刻刊登了這個消息，報紙的邊緣還印上了雞心和公主名字的頭一個字母，相互交錯做為裝飾。根據報上的消息，每個體面的年輕人，不論出身，都可以自由地來到王宮和公主說話；哪一個最無拘束又對答如流，公主就要選他作丈夫，成為王子殿下！沒錯，沒錯。相信我，我說的全都是真的，就像我現在蹲在你面前那麼真。」

烏鴉又說：「接下來，一個個年輕體面的小夥子成群結隊地來到王宮，一大堆人爭先恐後的，混亂得不可開交。不過，在頭一兩天裡，誰也沒有走運被公主選中。小夥子們在宮門外的時候，能言善道、談笑風生。但是，當他們真的走進了宮殿的大門，見到了穿著銀色制服的皇家衛兵和站在台階上身穿金色禮服的侍從，還有燈火輝煌的大廳，就全都慌了。等到被帶到公主的

王座跟前，他們就更加不知所措；除了不斷重複公主所說的最後一句話以外，什麼也說不出來。妳知道，公主可不會有什麼興趣聽別人重複自己的話。這就好像他們全都吃了菸草，變得昏昏沉沉的；可是一旦他們又再回到大街上，就全都恢復成聰明伶俐的模樣了。從城門口到王宮，求婚者排成了長長的隊伍，我還親自去看過這些人呢。」烏鴉又接著說：「他們在隊伍裡變得又飢又渴的，而且終於等到進了王宮，又連一杯水也喝不上。只有幾個最聰明的人，給自己準備了一點抹了奶油的麵包，而他們是一塊也不會分給旁邊的人吃的；因為他們想，如果旁邊的人面見公主時看起來一副餓鬼的模樣，那麼自己的機會就又多了一點了。嘰嘰……。」

「但是凱伊、小凱伊呢？」歌爾姐問：「他是不是在他們裡面？」

「別急、別急，正好要說到他了。到了第三天的時候，來了一位少年，他沒有騎著馬或乘著馬車，而是開開心心地踏著大步來到了王宮。他的雙眼像妳的這樣，放射出異樣的光彩。他有著一頭漂亮的長頭髮，儘管身上的穿著顯得有些寒酸。」

「那肯定是小凱伊了！」歌爾姐喊了出來：「哦，我終於找到他了！」歌爾姐高興地拍起手來。

「那小男孩的背後還背著一個小行囊。」烏鴉又說。

「不對，那不是小行囊，」小歌爾姐說：「一定是他的小雪橇。因為他是帶著他的小雪橇出門的。」

「這也有可能。因為那東西我沒有仔細瞧過。」烏鴉說：「我聽我那溫順的未婚妻說起，當他走進宮殿大門，見到穿著盔甲的守衛和站在台階上、身穿華貴禮服的僕人時，一點也不感到驚慌。他只是點了點頭，愉快地對他們說：『站在這裡肯定挺單調乏味的吧，』他說：『換我的話，更情願到裡面去。』大廳的燭火把夜晚照耀得宛如白晝，那些貴族和大臣們端著杯子、小心謹慎地來回走動，讓人興起一種莊嚴的感覺；而那少年走起路來靴子發出喀吱喀吱的聲響，但他卻一點也不感到彆扭。」

「那一定是凱伊了，」小歌爾姐說：「我知道他穿著一雙新靴子，我聽見過它們在老奶奶的屋子裡發出喀吱喀吱的聲響。」

「的確，那種響聲很大。」烏鴉說：「只見他昂著頭直接向宮殿的內廳走去，一直來到公主的跟前。公主就坐在一個像紡車輪那麼大的珍珠寶座上接見他；而寶座的四周則站滿了宮廷的侍女和她們的侍女，還有侍女的侍女們，宮廷的臣僕和他們的僕人，還有僕人的僕人們，他們全都按著次序站立著。這些人當中，站得離門口愈近的人，反而愈是露出一副不可一世的神氣。

那些僕人的僕人們，總是穿著拖鞋，讓人幾乎不敢朝他們看，因為他們站在門口的樣子非常驕傲呢！」

「那一定很嚇人，」歌爾姐說：「那麼小凱伊贏得了公主沒有呢？」

「如果我不是一隻烏鴉的話，」烏鴉說：「我也可能會被公主選上呢，只是我已經訂婚了。他像我在講烏鴉語時一樣口齒伶俐又神采飛揚，這是我從我那溫順的未婚妻那裡聽來的。他風度翩翩，非常討人喜歡。他說自己並不是來向公主求婚的，而是專程來聆聽她的智慧。他對她十分滿意，而她也對他十分滿意。」

「是的，那一定是凱伊！」歌爾姐說：「凱伊的腦子可靈光了，他懂得怎麼在心裡算數，甚至會算分數呢。哦，你能夠帶我進王宮去見我的小哥哥嗎？」

「哇，這說起來容易！」烏鴉說：「但是進王宮可不是件簡單的事呢。讓我先和我的未婚妻商量一下，她會建議我們應該怎麼做。只是，我必須告訴妳，通常像妳這樣的小女孩，要進王宮可是很困難的。」

「會的，我會進得去的。」歌爾姐說：「一旦凱伊知道是我來找他，他一定會立刻出來接我進去的。」「好吧，那麼你就先在這塊大石頭旁邊等我，我很快就回來。」烏鴉說完，轉頭飛走

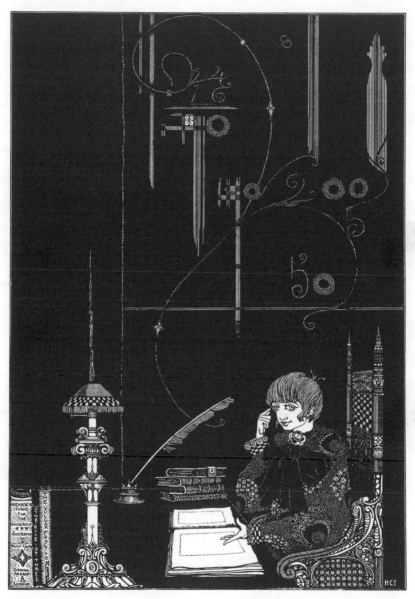

凱伊的腦子可靈光了，他懂得怎麼在
心裡算數，甚至會算分數呢。

了。

　　天黑以後，烏鴉終於飛回來了。「呱，呱，」他停到石頭上說：「我的未婚妻向妳問好，這是她從廚房裡為妳拿的小麵包，那裡麵包多的是，她想妳一定已經餓了吧。她還說，妳想要進入王宮是不可能的，因為妳現在赤著腳，那些穿著銀色制服的衛兵和金色袍服的侍從是不可能放妳進去的。但是，先別著急，我們還是有辦法讓妳進去。我的未婚妻知道有一個可以直接通到臥室的後樓梯，她還知道可以從什麼地方弄到鑰匙。」

　　於是她和烏鴉走進了花園，來到一條林蔭大道，那裡的樹葉正一片片簌簌地落下。當他們看見王宮裡的燈火一盞盞地熄滅了以後，烏鴉就把小歌爾妲領到後門那裡，那道門並沒有上鎖，而且也已經被打開了。歌爾妲這時心臟跳動得非常快，她的心情顯得既興奮又緊張，就好像正在做一件壞事似的，儘管她只是要弄清楚凱伊是不是在那裡頭。沒錯，一定是他。她生動地回憶起他那雙明亮的眼睛和那一頭烏黑的長髮。歌爾妲想像當他又見到了自己，會對她露出怎樣的微笑，就像先前坐在家裡的玫瑰花樹下時，他總是對她微笑那樣。凱伊見到她一定會很高興的，尤其是當他得知，她是走了那麼遙遠的路途前來找他；又得知家裡的人因為他的離去是多麼擔憂和難過以後。哦，此刻她的內心是多麼

喜悅，又是多麼辛酸呀。

　　小歌爾妲和烏鴉一同走上了樓梯，有一盞燈被放在一個儲物櫃上發出了微弱的亮光；而地板上站立著一隻溫順的烏鴉，她先轉了轉頭環顧四周，然後才看向小歌爾妲。歌爾妲向她行了一個屈膝禮，就像她的老奶奶曾經教她的那樣。

　　「妳好，我的好女孩！我的未婚夫跟我說了妳的許多事，」溫順的烏鴉說：「妳的冒險故事非常感人。如果妳願意拿起這盞油燈，我會在前面為妳指路，我們只要沿著這條通道往前走，就不會碰到任何人。」

　　「我覺得好像有什麼人在我們後面跟著。」歌爾妲說。確實有什麼東西從她身邊穿過，它們就像牆上倏忽閃動的影子，有鬃毛飄逸和足蹄奔騰的馬群、騎馬的武士、年輕的獵人和高貴的仕女們。

　　「這些都只是夢影而已！」溫順的烏鴉說：「它們在夜晚來到這裡，將那些顯貴人物的思想帶出去游獵一番。這倒是一件好事，因為這樣，我們就有更好的機會去觀察在床上睡覺的他們。只是，找到妳的哥哥之後，妳一定會得到榮華富貴和享不盡的福氣，到那時可不要忘了我們呀！」

　　「別說那樣的話了！」樹林的那隻烏鴉說。

他們現在走進了第一個大廳：四周的牆上掛著許多玫瑰色的綢緞，上面繡著華麗的花飾。在這裡，一個個夢境沙沙地從他們身邊掠了過去，跑得非常快，以至於歌爾姐認不出這些顯貴人物到底是誰。他們走過的大廳和房間，一個比一個更加富麗堂皇，讓人眼花撩亂，最後，他們終於來到了一個臥室。

在臥室的中央立著一根巨大的金色柱子，就像是棕櫚樹的樹幹；上面滿是用珍貴的水晶做成的棕櫚葉，而這些棕櫚葉又裝飾了整個天花板。臥室中有兩張床各像是一朵百合花，懸在一根金色的花莖上。一張床的顏色是白色的，裡面睡著公主；另一張是紅色的，歌爾姐心想，在那裡面一定可以找到小凱伊。她急忙把一片紅色的百合花瓣撥到一旁，於是看見了一個棕色脖子，哦，這一定是凱伊！她高興地喊了一聲：「凱伊！」同時把手上的燈火移近他。那些夢境這時騎著馬衝回到房裡，他從睡夢中甦醒，轉過頭來，歌爾姐一看，這並不是小凱伊。

王子只是頭頸的樣子像凱伊，他是一位年輕又英俊的少年。這時公主也醒了過來，從白色的百合花床向外張望，問是誰在這裡。歌爾姐哭了起來，把整個故事和烏鴉給她的幫助全都告訴了他們。

「可憐的孩子！」王子和公主說。王子和公主又稱讚了這兩

隻烏鴉一番，說自己對他們所做的事並不生氣，只是他們可不能常做這樣的事。雖然如此，他們還是應該因為善心助人而受到嘉獎。

「你們想要自由自在地飛翔呢？」公主問：「還是願意被指派為宮廷烏鴉，享受吃宮廷廚房裡剩飯的待遇？」

這兩隻烏鴉鞠躬行禮，請求擔任這一個光榮的職位。因為他們考慮到在自己老了以後能夠有口飯吃、生活無憂，總是一件令人安心的事。

然後，王子起了身，讓小歌爾姐睡到自己的床並給她蓋好被子，這是他唯一能為她做的事了。歌爾姐躺下，把小手的十根手指交疊著，心想：「他們個個對我是多麼好呀！不管是人還是動物。」她閉上了眼睛，一下子就香甜地睡著了。所有的夢境飛來到了她的身邊；這一次它們就像是天使一樣，一個一個拉著雪橇，而凱伊就坐在雪橇裡，頻頻向歌爾姐揮手。可是這一切都是虛幻的，一旦醒來，美夢就會消失不見。

到了第二天，她全身被穿戴上絲綢和天鵝絨的衣服。他們想邀請小女孩留在王宮裡，和他們一同享受舒適的生活。但是，她卻執意不肯，只要求了一輛小馬車和一雙新靴子，那樣的話，她就可以前往遼闊的大地，繼續再去尋找凱伊了。

王子和公主送給了她幾雙靴子和暖手筒，還有漂亮的衣服。當小歌爾姐準備好要離開的時候，一輛純金打造的馬車就停在王宮門口等她；馬車上面還閃耀著如星星般璀璨的皇室徽章。車夫、僕人和侍從也全都穿戴了華麗的衣帽。王子和公主親自把她扶上了馬車，同時祝願她一路平安。那隻樹林裡的烏鴉，現在已經結了婚，打算陪她走三英里的路程。他蹲坐在歌爾姐的身邊，因為朝後面坐著的話，會讓他不舒服。至於溫順的烏鴉太太則站在門口，拍著翅膀致意。她不能跟他們同行，她的頭正痛著，因為她剛獲得的那個職位讓她吃下太多的東西了。馬車上推滿了各種甜餅乾，座位底下則有水果、薑餅和果仁。

　　「再會了！再會了！」王子和公主喊著，歌爾姐哭了起來，烏鴉太太也哭了。在走了幾英里路以後，烏鴉先生也必須說再見了。這是一次令人傷心的離別，他飛到了一棵樹上，站在那裡用力地拍動著他的黑翅膀，直到他完全看不到那輛在陽光下發出耀眼光芒的馬車為止。

5
強盜女孩

歌爾妲的馬車穿過了一個茂密的森林。儘管金色的馬車像火把那樣把路給照亮了，卻也同時吸引了強盜的注意，他們可不會錯過眼前這樁大生意。

「它是金子做的！它是金子做的！」他們大聲喊著，向前衝過來抓住那些馬。接著他們出手把車夫、僕人和侍從等人全都殺了，又把小歌爾妲從馬車裡給拖了出來。

「她長得又胖又漂亮，一定是吃堅果仁長大的！」一個老強盜婆子說。她長著一些又長又硬的鬍鬚，蓬鬆的眉毛簡直快把眼睛給蓋住了。「她像隻羔羊一樣嫩，吃起來味道該有多好哪！」她說完，便拔出了一把明晃晃的匕首，寒光閃閃令人害怕。

「哎唷，哎唷，」強盜婆子忽然大叫起來——就在她舉起匕首正要砍向歌爾妲的時候，她的女兒抓住了她的背，在她的耳朵上狠狠地咬了一口。這小女孩既頑皮又野蠻，強盜婆子大叫她壞東西，這可讓她沒工夫去害歌爾妲了。

「我要她陪我一起玩！」小強盜女孩說：「她得把她的暖手

筒和連身裙給我，和我在一張床上睡覺。」然後，她又把她的母親咬得跳了起來，哇哇亂叫。其他強盜看見，全都哈哈大笑，說道：「瞧！她和她的小丫頭玩得多麼開心呀！」。

「我要坐這輛馬車！」她要怎樣就怎樣，因為她既任性又倔強。她和歌爾妲坐在車子裡，一路越過了樹椿和石頭，駛進了樹林的深處。強盜女孩和小歌爾妲年紀相當，不過她的身體比較結實，肩膀較寬而皮膚也更黝黑一點。她有一對漆黑的眼睛，只是，看上去有些憂鬱的樣子。

強盜女孩伸出手去圍住了歌爾妲的腰，說，「只要我喜歡妳，他們就不會把妳殺掉。我想妳是一位公主，對嗎？」

「不是的。」歌爾妲說。接著，她就把自己多麼愛小凱伊，以及為了尋找他所遭遇的各種經過，全都告訴了她。

強盜女孩聽完後，認真地看著她，搖搖頭說：「就算我生了妳的氣，他們也不能殺妳；因為即使要殺，我也寧願自己動手。」然後，她擦乾了小歌爾妲的眼淚，把兩隻手伸進了那個又柔軟又溫暖的暖手筒裡。

馬車最後駛進強盜城堡的庭院裡停了下來。這座城堡已經半毀，從牆頭到牆腳都裂開了，許多渡鴉和烏鴉從裂口和窟窿裡飛了出來，進進出出；還有幾隻體型龐大的哈巴狗跳得老高，每一

「她長得又胖又漂亮，一定是吃堅果
仁長大的！」

大雪橇車裡。大雪橇穿過森林時，我們正在自己的窩裡，冰雪女王對著我們這群小鴿子吹氣，除了我們兩個以外，其他所有的小鴿子全都凍死了——咕，咕，咕。」

「你們說什麼？」歌爾妲哭著問：「冰雪女王在哪裡？這件事你們還知道什麼？」

「她最有可能是前往拉普蘭去了，那裡整年都是冰天雪地的。不然妳問問被繩子綁在那裡的馴鹿！」

「沒錯，那裡確實是整年都冰天雪地的，」馴鹿說：「但那可是個了不起的地方呀！誰都可以在那閃閃發光的冰原上，自由自在地又跑又跳。在那裡，冰雪女王架起了她夏天行宮的大帳；不過她更常居住的宮殿卻是靠近北極，在一個叫作史匹茲卑爾根的島上。」

「哦，凱伊，小凱伊！」歌爾妲嘆氣道。

「妳給我老實點睡覺！」強盜女孩說：「不然我就把匕首插進妳肚皮裡去。」

到了第二天早晨，歌爾妲把旅鴿說的話，全都告訴了強盜女孩。強盜女孩的樣子有點嚴肅，搖搖頭說：「全都是空話！全都是些空話！」她又問馴鹿：「你知道拉普蘭是什麼地方嗎？」

「當然了，誰會比我知道得更清楚？」馴鹿兩眼閃動著異樣的光彩，說道：「我就是在那兒出生，在那兒長大的，也常在那個一直覆蓋著白雪的平原上奔跑跳躍。」

　　「現在妳聽好了！」小強盜女孩說：「歌爾姐，我們的人這會兒都出去幹活了，只有我的媽媽還在，她會一直待在這兒。不過，每天快到中午的時候，她總會從那個大瓶子裡喝不少酒，然後睡上一會兒。那時，我再給妳想想辦法。」

　　接著，強盜女孩跳下了床，蹦蹦跳跳地來到她的母親跟前，緊緊摟著她的脖子，又拉拉她的鬍子，然後說：「早上好呀，我親愛的老母山羊！」她的母親則伸出手指，在她的鼻尖上彈了一下，疼得小女賊直咬她的手。她們嘻嘻哈哈地玩鬧了一陣子。

　　等到強盜婆子把那瓶酒喝得精光，醉倒了過去以後，強盜女孩走到馴鹿那兒，說：「聽著，我原本想用這把小刀在你的脖子上多搔上幾回癢，因為每當我這麼做，你的樣子看起來可真逗趣。可是，現在我改變主意了，我這會兒就解開你的繩子放你走，讓你回到拉普蘭去。不過你的四條腿可得好好派上用場，把這個小女孩帶到冰雪女王的城堡去——她的小玩伴就在那裡。她對我說的話你一定都聽到了，因為她說得很大聲，而你也都偷聽去了。」

馴鹿高興地跳來跳去。接著，強盜女孩把小歌爾妲抱上了他的背，謹慎地把她繫牢，還把自己的一個小墊子給她當坐墊。

「這是妳的毛皮靴子，」她說：「妳在那個非常寒冷的地方會用得上它；但是這個暖手筒我想要自己留著，因為它太漂亮了。不過，沒有它妳也不會凍僵的，拿去，這是我媽媽的一副大手套，它可以一直套到妳的胳臂肘上。讓我幫妳戴上吧，瞧！現在妳的手看起來就像我媽媽那雙笨拙的手了。」歌爾妲流下了感激的淚水。

「我可不願意看妳哭，」強盜女孩說：「妳現在應該要看起來很快樂的樣子才對。這裡有一些麵包和火腿，帶著在路上吃吧，這樣妳就不會挨餓了。」她又把這些食物掛在馴鹿的身上。然後，她打開大門，把幾隻大狗都哄進屋裡來；再用她的刀子割斷了繩索，並且對馴鹿說：「跑吧！不過你得好好照料這個小女孩！」

歌爾妲將帶著大手套的一隻手伸向強盜女孩，向她道別。然後，馴鹿便穿過了樹椿和石墩，又越過了沼澤地和茂密的樹林，在大草原上盡情地奔跑起來。

豺狼在嚎叫，烏鴉也呱呱叫著。天空中有藍紫色的光像火焰般閃耀。「那些是我所熟悉的北極光！」馴鹿說：「瞧，它們多

麼漂亮呀！」他日夜奔馳著，就像疾風那樣快；就在他們抵達拉
普蘭的時候，麵包和火腿正好全都吃完了。

6

拉普蘭老太太與芬蘭女智者

他們在一幢小房子前停了下來。小房子看起來很簡陋：屋頂幾乎快要塌到地面了，門框也低矮得讓屋裡的人都不得不伏在地上，用雙手和膝蓋爬進爬出。屋子裡只有一個拉普蘭老太太，她正在一盞鯨油燈旁煎著魚。馴鹿把歌爾妲的事情全跟她說了，不過他先說了自己的事，因為他覺得那是最重要的。歌爾妲已經凍得連一點力氣也沒有，一句話也說不出來了。

「唉呀，你們這兩個可憐的小東西！」拉普蘭老太太說：「你們前面還有很長的路要走呢！你們還得走兩三百英里路，才到得了芬蘭，因為冰雪女王現在正在那兒度假，每晚在天空燃放藍色的火焰。我會給你在一塊乾魚上寫幾個字——因為我沒有紙——你們可以把它帶去一個住在芬蘭的女智者那裡，她可以告訴你們的消息比我多得多了。」

所以，在歌爾妲和馴鹿暖了暖身子，又吃喝了一些東西以後，拉普蘭老太太便在一條鱈魚乾上寫了幾句話，並且告訴歌爾妲要小心收著。然後，她把小歌爾妲再次牢牢繫在馴鹿的背上，

馴鹿就立刻動身出發，拔起腿來放蹄狂奔。

　　閃呀，閃呀，迷人的藍色北極光整夜在天空中閃耀。他們到達了芬蘭，找到那位女智者的家，敲了敲她的煙囪，因為她的房子連一扇門也沒有。

　　他們爬了進去，但是房子裡因為有爐子的熱氣所以悶熱得嚇人。那位女智者幾乎沒穿什麼衣服，她的個子很矮小，而且很髒。她馬上為歌爾妲把衣服解開，把她的大手套和靴子脫下，否則這裡能把歌爾妲給熱昏過去。接著她還在馴鹿的頭上放了一塊冰，然後讀了魚乾上寫的字。她一連讀了三遍，直到把這些字都記熟以後，就把魚乾扔進一個湯鍋裡煮了，因為她知道它能做出美味的晚餐，她一向是不浪費任何東西的。馴鹿先說了自己的故事，又說了歌爾妲的故事。只見女智者眨了眨她慧黠明亮的眼睛，卻什麼話也沒說。

　　「您擁有強大的力量，」馴鹿說：「我還知道，您可以用一根細繩子把世界上所有的風全串在一起。要是有船長鬆開了其中的一個結，他就可以得到一陣好風；再鬆開另一個的話，風力就會變得更強一些；要是把第三個和第四個結也鬆開，便會刮起暴風，連整個森林裡的樹木也會被連根拔起，而大船也會被掀個船底朝天。您能不能發發好心拿什麼東西給這個小女孩吃上或喝上

大。歌爾妲想起自己曾經透過放大鏡仔細觀察過雪花的樣子，那樣的雪花顯得多麼巨大且奇妙呀；只是，現在這些卻似乎更為巨大可怕，它們就像是有生命、活生生的東西。它們其實是冰雪女王的衛兵，而且奇形怪狀、五花八門。有些看起來像醜陋的大刺蝟，有些則像是伸長了頭扭成一團的蛇，又有些像是鬃毛直豎的小胖熊。然而，它們全都白得令人神暈目眩，全都是活著的雪花。

歌爾妲開始唸唸有詞地向上天誦禱：「我們在天上的父……」天氣愈來愈冷，她看見從自己嘴裡呼出的熱氣頓時化成一團煙霧。她愈是不住地誦禱，霧氣就愈來愈濃，直到化身成許多光亮的小天使的樣子，並且在碰觸到地面後變大。他們全都戴著頭盔，手持著矛和盾。他們的數目繼續增加，愈來愈多，當小歌爾妲唸完禱文時，她的身邊已經有整整一個軍團的天使了。這些天使軍兵用長矛刺向各式各樣的可怕雪花，把它們打成無數的碎片，小歌爾妲於是能夠平安而穩步地向前邁進。天使們撫摸著她的手和腳，使她幾乎感覺不到冰冷，勇氣百倍地朝著冰雪女王的宮殿走去。

現在，我們需要先來看一看宮殿裡的小凱伊在幹什麼。他肯定不曾想起小歌爾妲，更不會想到小歌爾妲竟然已經來到王宮的門口了。

7
冰雪女王的王宮和那裡發生的事

　　王宮的牆壁是由積雪所砌成的，而它的門窗則是刺骨的寒風。王宮裡有一百個以上的廳室，其中最大的甚至寬達好幾英里；絢爛的北極光為它們提供了照明；所有房間都十分巨大，還有刺骨的冰冷和令人心驚的光亮。在這個沉悶的地方沒有過任何歡慶和娛樂，甚至連小熊的舞會也沒有。人們或許會想像，暴風雪可能會在這裡奏起交響樂，好讓北極熊用他們的後腿站立，表演各種絕妙的舞姿。但事實上，他們卻連玩撲克牌或拍拍腳掌這類遊戲的機會都沒有，連年輕狐狸小姐們的茶會也完全沒有辦過。

　　冰雪女王的廳堂和房間的確很多，不過卻都是空無一物，大而無當，且又寒氣逼人。北極光變化萬千卻按鐘點照耀得精準，何時發出刺眼的光芒，何時黯淡無光，一點也不馬虎。在這個無邊無際又空蕩蕩的雪宮大廳中央，有一座結冰的湖，湖面的冰碎裂成上千塊，但每一塊碎冰的形狀相同、晶瑩透亮，簡直像是精心雕成的藝術品一樣。女王在宮裡時，總會坐在冰湖的中心；她

把這湖稱為「理智的鏡子」，而它是世上最好的、也是唯一的一面鏡子。

凱伊凍得發青，幾乎是發黑了，但他卻沒有任何感覺，因為冰雪女王的吻讓他所有的冷顫都消失了，只不過他的心也已經變成了一塊冰。

他正在搬動著幾塊平整而銳利的冰片，把它們移來移去，像是想拼湊出一個什麼圖案。就好像人們會用一些小木塊拼出不同的圖案——被稱之為「中國拼圖」的東西。小凱伊的雙手非常靈巧，他正在玩的是理智的冰塊遊戲。在他的眼裡，這些圖案是最了不起、同時也是最重要的東西；只是，這完全是因為黏在他眼睛裡的那粒魔鏡碎屑正在作怪的緣故。他拼出了許多完整的圖案，構成各種不同的字詞，但他卻怎麼也拼不出他真正想要拼出來的那個字——「永恆」。

冰雪女王曾經對他說：「當你能拼出那個字的時候，你就能當自己的主人了；我將給你整個世界和一雙新的冰靴作為禮物。」但是，他卻怎麼也拼不出來。

「現在我必須趕到溫暖的國家去，」冰雪女王說：「我將飛過天空，去看看那些會噴火的黑罐子！」她所指的是人們口中的埃特納火山和維蘇威火山。「我將使它們變得白一點！這對檸檬

和葡萄有好處。」她說。

　　於是，冰雪女王離開了，留下凱伊獨自一個人坐在好幾英里寬的冰宮大廳裡。他就這樣坐著，呆望著身邊的那些冰片，思緒紛亂，直到他想得頭都痛了起來。只是，他坐在那裡一動也不動，讓人們以為他已經被凍僵了。

　　就在這時候，歌爾妲穿過王宮大門走了進來。刺骨的寒風在她四周咆哮，但是在她重複唸誦先前的祈禱文之後，風兒便像是睡著似的沉寂了下去。她一走進凱伊所在的那個空曠又寒冷的大廳，便立刻看見了他，也認出他來。她飛也似地向他跑過去，用雙臂緊抱住他的脖子，大叫出聲：「凱伊，親愛的小凱伊！我可總算找到你了！」

　　但是，他只是呆坐在那裡，直挺挺的，冷冰冰的。歌爾妲大哭起來，熱淚滴落到凱伊的胸膛上，滲進了他的心裡，把那裡面的雪塊融化了，也溶解了落在那裡面的一小塊魔鏡碎片。凱伊呆望著歌爾妲，而歌爾妲則唱起歌來：

　　「我們的玫瑰綻放又凋零，

　　我們的聖嬰卻永遠都在；

　　願我們蒙福親見祂的面，

　　就像是永遠的小孩們。」

凱伊也放聲大哭，淚如泉湧。他這樣一哭，使得眼睛中的魔鏡碎屑也流了出來。現在他能認出歌爾妲了，他快樂地大叫：「歌爾妲，親愛的歌爾妲，這些日子以來妳都去了哪裡？我這又是在哪裡呀？」他環顧了四周，說：「這兒多麼寒冷啊！多麼寬闊且荒涼啊！」

　　他抱緊了歌爾妲。歌爾妲則是開心地大笑，一會兒卻又哭了起來。甚至就連冰片也都受到他們的感染，在周圍歡樂地跳起舞來。當它們因為跳得太疲憊而躺下時，正好拼出了那個冰雪女王所說的字──那個他必須拼出來才能成為自己的主宰，並且得到整個世界和一雙新冰靴的字。

　　歌爾妲親吻了他的雙頰，它們就像花那樣綻開了。當她親吻了他的眼睛，它們也變得像她自己的雙眼那樣閃閃發光。當她親吻了他的手和腳，他便立刻恢復了健康和活力。冰雪女王只要願意，可以隨時回到家裡來，但這也已經不重要了，因為解開小凱伊身上禁錮的那個字，已經亮晶晶地被寫在冰湖上了。

　　他們兄妹倆手牽著手，一起走出了這座巨大的冰宮。他們談起了老奶奶，談起了他們屋頂上盛開的玫瑰花樹。在他們走過的地方，風雪立即止息，陽光破雲照耀。當他們回到那個長滿紅色漿果的灌木林時，看見馴鹿正在那兒等待他們。他還帶來了

另一隻小母鹿，她的乳房正鼓得滿滿的，所以可以給這兩個孩子溫暖的鹿奶喝；還在他們喝飽了以後，親吻他們的嘴。兩隻鹿便將凱伊和歌爾妲馱在背上，先是把他們送到芬蘭女智者那裡，讓他們在她那個很熱的房子裡暖一暖身子，然後也問清了回家的路程。接著，他們又來到了拉普蘭老太太的住處。她已經為這兩個孩子做好了新衣服，而且還修好自己的雪橇送給他們。

馴鹿和小母鹿陪伴著他們來到拉普蘭的邊境。這時早春的植物已經開始冒出綠芽，大地逐漸復甦。拉普蘭老太太和兩頭馴鹿終於必須向他們告別，他們全都依依不捨地互道珍重。

初春的鳥兒喃喃地唱著歌，森林長滿了新綠的嫩葉。有一匹漂亮的馬兒從森林裡跑出來，歌爾妲一眼便認出那是曾經為她拉過金馬車的駿馬。騎著馬的是一位年輕女孩，頭上戴著一頂閃亮的紅帽子，皮帶上還插著手槍。她就是那個強盜女孩！她在家待膩了，想要先到北方去；要是那裡不合她的意，她就再到世界上的其他地方去遊歷。她立刻認出歌爾妲來，歌爾妲更是忘不了她。這可真是一場快樂的相會。

「你可真是個好小子，竟然這樣到處流浪！」強盜女孩對凱伊說：「我倒是想知道，你值不值得讓人跑到天涯海角去找你。」

歌爾姐撫摸著強盜女孩的臉龐，問起了王子和公主的事。

「他們到國外旅行去了。」強盜女孩說。

「那麼，烏鴉怎麼樣了？」歌爾姐又問。

「啊！烏鴉死了，」她回答：「那隻溫順的母烏鴉如今成了寡婦，所以她在一隻腿上繫了一塊黑絨布。她哀戚地呻吟又叨叨絮絮的，但那又有什麼用呢？！」

「現在，快告訴我，妳是怎麼把他找回來的？」強盜女孩急切地問。於是，歌爾姐和凱伊把事情的經過一五一十地全都告訴了她。

「哎呀呀，這結局可真是再好不過了！」強盜女孩說。她握著他們兩個人的手，承諾如果日後經過他們的城市，一定會去拜訪他們。接著，她向他們告別，又獨自騎著馬奔向遼闊無垠的蒼茫世界。

歌爾姐和凱伊繼續手牽著手走在回家的路上。美麗的春天使得一路上綠樹成蔭、花朵芬芳。有一天，他們來到了一座城市，聽見教堂的鐘聲正歡樂地響起；這時他們忽然從那些教堂的尖塔，認出了這正是他們自己居住的城市。

他們興奮地走進城，欣喜地回到了老奶奶家的門口。他們爬上樓梯、走進了那個無比熟悉的房間——這兒的一切景物依舊，

老時鐘滴答作響，上面的指針猶如先前那樣轉動著。只是，他們自己卻改變了——他們發現自己已經長成大人了。

屋頂上的玫瑰花樹正在敞開的窗子前盛開，在它們之下，有好幾張給小孩坐的凳子。凱伊和歌爾妲走上前，坐在各自的椅子上，握住了彼此的手。如今他們已經把冰雪女王王宮裡的冰冷和荒涼拋到腦後了，就像是作了一場噩夢。老奶奶坐在上帝所恩賜的陽光之中，為他們唸出《聖經》中的這段話：「你們若不回轉變成小孩子，斷不得進天國。」

小凱伊和小歌爾妲互相凝視著對方，他們現在領悟了那首聖詩的意義——

「我們的玫瑰綻放又凋零，

我們的聖嬰卻永遠都在；

願我們蒙福親見祂的面，

就像是永遠的小孩們。」

這兩個快樂的人坐在那裡，儘管已經長大成人了，內心卻仍然是孩子。這時圍繞著他們的，已是燦爛的夏天，溫暖而光輝的夏天。

故事賞析

　　在這則童話故事裡，有三個重要的象徵物，它們分別是：鏡子、玫瑰和冰雪。鏡子在故事裡具有反射、對照、對比和對立的含意。而玫瑰與冰雪這兩個東西則分別衍生出夏天—冬天、溫暖—寒冷、情感—理性、幸福—痛苦等幾組相對的概念。故事從一開始就帶有神話的形式：據說有一個魔法師打造了一面魔鏡，而這面魔鏡能讓所有美好事物變小，甚至化為烏有；至於醜陋的事物卻會被放大和強化。從開頭這面魔鏡遭打碎，到結尾時，拼出字體，魔鏡又被象徵性地恢復，這樣情節安排賦予了這則童話一種完整性。

　　在故事中，安徒生將玫瑰描寫成一種原始狀態的呈現，特別代表了關係的和諧與美好。如果玫瑰缺少這種特質，那麼在後來的情節裡，它就很難在歌爾妲的心裡產生一股試圖將遭破壞的關係加以恢復的強大動力。凱伊和歌爾妲關係遭破壞之後，接下來的情節，便分別朝向兩個方向發展了──凱伊代表了冰雪，而歌爾妲代表了玫瑰。

　　就在凱伊拋下歌爾妲跑去廣場和朋友玩雪橇時，冰雪女王乘著大雪橇車翩然來到。她利用凱伊喜歡冒險刺激的心理將他帶

走，又以一種成熟女性的魅力迷惑了凱伊，她的吻使得凱伊失去了所有的記憶，連小歌爾妲、老奶奶以及家裡所有的人全都給忘記了。

另一方面，歌爾妲為了尋找凱伊，來到了一處神祕的魔幻花園。她也像凱伊那樣遺忘了一切，直到某次偶然看見女巫大帽子上的玫瑰花。她在逃離花園前，向花朵們打聽凱伊的下落，有六種花分別述說了各自的故事。它們用六種物品，火焰、微風、肥皂泡泡、香氣、金子、幻影，象徵性地述說了人生在世會經歷的各種情感，在那些故事裡，既有深刻而純真的愛情，也有摯愛的親情，甚至還有顧影自戀的心境，和對生命消亡的質疑和探問。

故事的最後一個難關則是冰雪女王的雪宮大廳裡那面「理智的鏡子」，這裡呼應了故事一開始的魔鏡。冰雪女王曾經對凱伊說，如果他能拼出某個重要的字，就能當自己的主人。但是，他卻怎麼也拼不出來。

我們至少可以在這個故事裡發現三個不同層次的意義。第一個層次表現的是一個擁有堅定意志力的小女孩，經歷各種危險和磨難後，最終解救了一個受到迷惑且遭到禁錮的小男孩。第二個層次表現的是，玫瑰和冰雪各自象徵的意義，並且告訴人們，玫瑰所代表的情感和溫暖，能夠戰勝冰雪所代表的冷漠人性和扭曲

理性。第三個層次則表現了安徒生所信仰的,一種以愛為最高價值的宗教,它以基督宗教的形式呈現出來,並且為存在賦予了永恆的意義。原本象徵破碎世界的魔鏡因愛而復原,愛也使虛空的心被填滿,使虛無主義的迷惑被解除。而這些並不是透過一種堅苦卓絕的求道之旅來實現,而是透過回歸到自我最原始、最單純的初心來完成。

06
妖精山

　　幾隻蜥蜴在一棵空心樹的裂縫裡迅速地跑進跑出。他們彼此熟悉得很，因為他們都說著蜥蜴語。

　　「我的老天啊！住在老妖精山的那些傢伙怎麼總是叫個不停呀。」一隻蜥蜴說：「前兩個晚上，我幾乎沒辦法闔眼哪。這簡直就跟患了牙痛差不多，到底還讓不讓蜥蜴睡覺呀！」

　　「那裡面一定正在幹著什麼勾當呢。」另一隻蜥蜴說：「他們在天亮公雞叫起來以前，抬高著四根紅柱子、撐起那座小山，給它徹徹底底地通了風。那些妖精女孩又開始學什麼新的舞蹈，所以，沒錯，那裡一定有什麼大事！」

　　「就是說嘛，我剛剛還跟一位我認識的蚯蚓說起這件事呢，」第三隻蜥蜴說：「這蚯蚓就是從那座小山過來的。他白天和晚上都不停地在那兒翻土，無意中聽見了不少事。只可惜他的眼睛看不見，真是可憐的傢伙；不過他倒是對怎麼摸土找路和聽

別人說話，蠻有一套的。妖精們好像是在等著什麼訪客，某些有來頭的大人物。只不過蚯蚓也不肯說到底是何方神聖，或許可能連他也不知道。所有的鬼火都得到命令，要舉行一個叫作『火炬遊行』的活動。所有的金器和銀器，這些他們山裡頭有的是，也都已經被擦得亮晶晶的，全在月光下擺出來了。」

「奇了怪了，會是什麼客人呀？」蜥蜴都想知道：「到底會是什麼事呢？快聽，快聽，那聲音多響亮、多熱鬧呀！」

就在這個時候，妖精山打開了，一個妖精女士踩著碎步走了出來。這個妖精女士沒有背，不過卻穿得非常體面，額頭上還戴著心形的琥珀首飾。她是老妖精王的遠房表親，也為他管理家務。她的腿腳非常靈便，滴嘟、滴嘟地三步併兩步，一口氣就走到住在沼澤裡的夜烏鴉那裡去了。

「你們今晚將受邀到妖精山去。」她對他說：「不過，我可以請你先幫我們一個大忙嗎？請將我們的邀請轉發給其他朋友。既然你們沒有地方需要自己管理，那麼，就請你們幫這個忙好嗎？到時候會有一些有頭有臉的訪客到來——我得跟你說，所以，老妖精王想要顯一顯氣派，給客人們留下最好的印象。」

「我該去邀請些什麼樣的人呀？」夜烏鴉問。

「噢，誰都可以來參加這場盛大的舞會——就連普通的人類

也可以；只要是能在睡著以後說話，或者可以做到任何我們能做的事，就可以來。不過，宴會的話，可就得嚴格挑選了，只有上得了檯面的人才能被邀請。為了這個，我和妖精王爭論了老半天，因為我堅持不要邀請鬼怪們入席。首先，我們要邀請海老頭和他的女兒們，我想儘管他們不太喜歡在乾地上瞎逛，但我們至少可以給他們一塊舒適的濕石頭坐下來；我不認為他們會拒絕這次的邀請。接著，我們一定要請到所有長尾巴的頭等老山怪；還有，也必須問問河妖和棕妖精。除了這些，我想我們還應該邀請墓豬、白骨馬和教堂裡的矮人，雖然說他們生活在教堂底下，而且應該算是屬於另外一掛的，和我們根本就不是相同路數的人。不過，那到底是他們的職務，更何況，他們跟我們還沾一點親戚關係，也經常來探望我們。」

「收到！」夜烏鴉聽完後，便飛去邀請客人了。

在他們的小山上，妖精女孩們已經開始跳舞了，她們披著由霧氣和月光編織而成的長圍巾跳著。對於那些喜歡披圍巾跳舞的人來說，倒是非常精彩的。

在妖精山的中央是個華麗的大廳，那裡為了這個奇妙的夜晚做了特別的準備工作。地板已經被用月光沖洗乾淨，牆壁用巫婆的蠟拋光，讓它們就像陽光下的鬱金香花瓣那樣閃閃發亮。廚房

裡正在料理串燒的青蛙；烹煮著的蛇皮裡塞滿了小孩的手指；蘑菇種子拌成木耳沙拉；還有濕老鼠的鼻子、毒芹那些。沼澤巫婆釀製的啤酒，和來自墳場亮晶晶的硝石香檳酒。所有這些都非常誘人！鏽釘子和教堂的窗玻璃則是餐後的甜點。

老妖精王用石粉筆把他的金王冠拋光。這是一個得獎小學生的石粉筆，這種石粉筆對於老妖精王來說，可不是什麼容易取得的玩意兒哪。臥室裡的窗簾是才剛用蝸牛黏液粘起來的。哦，到處都傳來催促和喧嘩的聲音。

「現在讓我們把馬毛和豬鬃點起來，燻一燻這裡，就算大功告成了。」妖精女管家說。

「親愛的老爹，」妖精王最小的女兒對妖精王說：「現在您能告訴我，我們最高貴的客人都是些什麼人了嗎？」

「那麼，好吧，」他說：「現在也該是告訴妳的時候了，我打算給妳們之中的兩個姊妹相親，妳們也該準備好嫁人，不能再拖了。挪威的老地精酋長，就是住在老多夫勒山脈的那位，他擁有超乎人們想像的美好金礦和岩壁城堡，現在正帶著他的兩個兒子一起來到這裡，想為這兩個兒子各找一個妻子。這個老地精酋長是一個真正的挪威人，誠實而淳樸，率真又樂觀，我認識他許多年了。當年他為了找老婆來到這裡，我們那時曾經為長久的

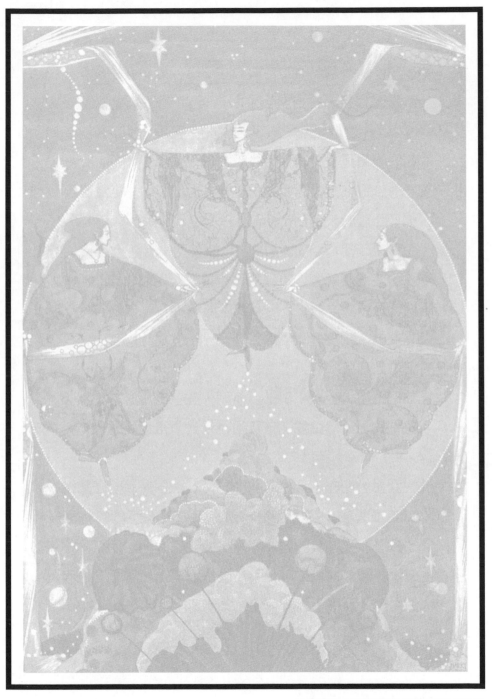

她們披著由霧氣和月光編織而成的長
圍巾跳著舞。

友誼乾了一杯。不過，他的老婆現在死了，她是莫恩白堊國王的女兒。我常說他是『在白堊岩上討老婆』（丹麥俗話說的不費一文錢娶太太），就像是賒帳買了個老婆，我可真期待再次見到他呀。他們的兩個兒子，聽說性格粗野得很，但是等他們年紀更大些會變好的。這就需要妳們去好好管管他們了。」

「他們什麼時候會到？」他的一個女兒問道。

「這要看風和天氣的情況，」他說：「他們是節儉的旅行者，有船的話他們就會搭船來。我建議他們從瑞典走陸路，但是那老傢伙就是不聽，他跟不上時代了，這點我倒是很有意見。」

就在此時，兩隻鬼火翻滾了進來。一隻比另一隻跑得快，跑得快的那個先到了。

「他們來了！他們來了！」他們大聲喊著。

「快把我的王冠給我，讓我站在月光照得最亮的地方。」妖精王說。

他的女兒們撩起了長長的圍巾，行了一個深深的屈膝禮。

來自老多夫勒山脈的老地精酋長，戴著閃亮的冰柱和光滑的松毬，披著熊皮外套，還穿著滑雪的靴子。他兩個兒子的穿著卻與他完全不同，他們的脖子上什麼也沒有圍，褲子上也沒有吊帶。他們是兩個長得粗壯的傢伙。

「就是那座山嗎？」兩兄弟中較小的那個，手指著妖精山說：「在挪威，我們只把它稱為地洞。」

「兒子！」老地精酋長罵道：「朝上的是山，朝下的才是洞，你的腦袋上是沒有長眼睛嗎？」

他們說，這裡唯一讓他們感到驚奇的是，他們竟然能聽懂這裡的人所說的話。

「不要在這裡出洋相，」他們的父親說：「這樣人們會覺得你們八成是笨瓜。」

他們進入了妖精山。這裡聚集了許多有頭有臉的人物，而且短時間就聚集來了，就好像是被風刮來的。不過，主人對每個客人的安排倒是既舒服又得體。海老頭和他的女兒們就坐在桌子旁邊的大水桶裡，他們說這讓他們感覺就像是在家裡一樣。每個人都有很好的餐桌禮儀，除了那兩位剛來的年輕挪威妖精，他們把腳擱到桌子上，彷彿那樣做才是對的。

「把你們的腳從盤子裡挪開。」老地精酋長說。他們聽從了，但不是立刻。他們還把口袋裡的松毬拿出來呵鄰座女妖精的癢。為了讓自己感到更輕鬆一些，他們把靴子脫了下來，交給女士們拿著。然而，他們的父親老地精酋長，表現得跟他們完全不同。他滔滔不絕地描述了白色泡沫的瀑布在挪威的懸崖峭壁上飛

「不要在這裡出洋相，」他們的父
親說。

濺得多麼壯麗，又是如何發出咆哮如雷和風琴一般的樂聲。他又說起，水神一彈奏他的金豎琴，鮭魚就從逆流中躍起。在明亮的冬夜裡，雪橇鈴鐺叮噹作響，男孩們舉著火把跑過平滑的冰面，魚兒就在他們腳下的透明冰塊底下亂竄。是的，他把一切講得那麼有滋有味，讓所有在場的人簡直就像是眼睛能看見、耳朵能聽見那樣：那鋸木廠裡怎麼鋸著木料，男孩們和女孩們怎麼唱歌，又怎麼跳著挪威的「哈鈴舞」。忽然，啾地一聲，老地精酋長給妖精管家的臉頰印上一記響亮的吻，儘管他們才第一次見面呢。

然後，輪到妖精少女們跳舞了，首先是跳普通舞的步子，接著是踩腳跳舞的步子，看起來堪稱完美。她們最後獻上的是一種非常複雜的舞蹈，叫做「結束舞蹈」。老天爺呀，她們的腳動得多麼輕盈靈巧。哪些腿是誰的？哪裡是手臂，哪些是腿？簡直讓人看得眼花撩亂，就像是刨磨機上的刨花一樣散落在空中。妖精女孩旋轉得如此快速，以至於白骨馬的頭也跟著開始旋轉，不得不搖搖晃晃地從餐桌離開。

「噓噓，」地精酋長說：「這些女孩們真是活潑呀。但是，她們除了瘋狂地跳舞、像陀螺一般打轉、轉得白骨馬頭暈，還能做些什麼呢？」

「你等著看吧。」妖精王自吹自擂地說。他叫出了他那個最

大的女兒。她就像月光一樣身材輕盈，模樣秀麗。她是所有妖精姊妹裡最美麗的，她把一塊白色的木栓放進嘴裡以後，人就立刻消失了；這就是她能辦到的事。不過，地精酋長卻說，這是一種他不願意自己妻子擁有的本領，所以，他也不認為他的兒子們會喜歡這一套。

第二個女兒可以變出一個自己，然後跟她一起走著，就好像她有一個影子似的，妖精可是沒有影子的。第三個女兒有一套非常不同的本領。她曾經與沼澤女巫一起研究怎麼釀酒，還擅長用螢火蟲當佐料給赤楊木樁調味。

「她一定可以成為一個好主婦的。」地精酋長用眨一眨眼睛的方式，取代向她敬酒。因為他並不想喝下太多的酒，好讓自己的腦袋保持清醒。

現在第四個女兒出來了，她在一把高高的金色豎琴上彈奏。當她撥弄第一根絃的時候，每個妖精都踢了自己的左腿，因為所有的妖精都是左撇子。當她一撥弄第二根絃，每個妖精也都必須按照她所說的去動作。

「多麼危險的女人呀。」地精酋長說。不過，他的兒子們已經開始覺得無趣了，他們想要踱步到妖精山外面。所以，他們的父親趕緊問：「下一個女兒能做什麼呢？」

「我懂得喜歡挪威人，」第五個女兒告訴他：「除非我能嫁給挪威人，否則我將永遠不結婚。」

不過這時，她最小的妹妹卻在老地精酋長的耳邊低聲說：「她這麼說，是因為她聽過一首挪威老歌，裡頭說：就算世界毀滅，挪威的岩石也將屹立不動。這就是為什麼她願意到那裡去，她主要是因為怕死。」

「嘿，嘿，」老地精酋長說：「有人把真心話說出來了。現在是第七個女兒，也就是最後一個了。」

「第七個女兒之前還有第六個呢。」老妖精王說，他對算術非常仔細。只是，第六個女兒卻不願意出來。

「我會做的只是說真話而已。」她說：「所以沒有人喜歡我。再說，我光是縫製自己的壽衣就夠忙的了。」

現在真的是第七個，也是最後一個女兒來了。她會做什麼呢？她會講故事，要聽多少故事，她全都能說出來。

「這是我的五根手指，」老地精說：「跟我說說關於它們每根手指的故事吧。」

妖精少女托起了他的手腕，他笑了，笑得上氣不接下氣。她說了關於第四根手指的故事，這根手指上戴著金戒指，好似它知道有一個婚禮即將舉行了。此時老地精說：「快握緊它吧，因為

我將把我的手交給妳，我自己想要討妳作老婆。」

妖精少女說，還有關於第四根手指「戒指」，和第五根手指「小彼得玩伴」的故事還沒有說完呢。

「啊，讓我們把它們留到冬天再說吧，」這位老地精酋長說：「到那時，妳還要跟我說說關於松樹和赤楊木，還有鬼怪送禮跟堅冰的故事。妳將成為我們的說故事人，因為在我們那兒沒有人有這樣的本領。我們將坐在我的大石頭城堡裡，燃燒松枝來烤火，拿著古代挪威國王們的金角杯來喝蜂蜜酒。水妖給了我兩個這樣的杯子。當我們並肩坐在那裡，田野妖精也會前來拜訪，他會對妳唱起山間牧羊女的歌。那時我們該會是多麼快樂呀！鮭魚在瀑布裡蹦來跳去，只能撞在我們的石牆上，卻進不了我們坐得那麼舒服的地方。啊！我跟妳說，住在古老的挪威可是件美好的事呢。但是，男孩們上哪去了哩？」

上哪裡去了？那兩個野孩子正在田野裡奔跑，把那些巴巴地前來參加火炬遊行的鬼火都吹熄了。

「這像話嗎？簡直是胡鬧，」地精酋長說：「我給你們找了一個繼母，所以你們也來選你們自己的老婆吧。」

不過，他的兒子們卻說他們更喜歡談天說地，然後為婚禮喝上一杯，不急著結婚。接著，他們就胡謅一堆話；又為健康乾了

一杯酒，還把杯口朝下，表示他們真的把酒喝乾了。後來，他們便脫下外套，躺在桌子上呼呼大睡了起來，因為他們一向不講什麼規矩。但是，現在那個老地精酋長正和他年輕的新娘一起在房間裡跳舞。而且，他們還彼此交換了靴子，因為這比交換戒指更時髦。

「公雞已經在叫了！」妖精管家前來警告他們：「現在，我們得馬上拉起窗簾，以免陽光把我們給烤焦了。」

所以，他們關閉了妖精山。只是，那四隻蜥蜴還繼續在裂開的空心樹那裡爬進爬出的。一隻蜥蜴對著另一隻說：「喔，我們還真喜歡這個挪威的老地精酋長呢！」

「我更喜歡他那兩個逗趣的兒子。」蚯蚓說。但是這可憐的傢伙，他的腦袋上可沒有眼睛呢。

故事賞析

安徒生以特殊的對象——妖精，做為這則童話裡的主角，是很有趣的嘗試。不只是有生命的動物和無生命的東西，就連妖精鬼怪都可以被安徒生拿來做為創作題材！

故事開始，先是妖精王的女總管奉命出門去邀請五花八門的

魔幻角色來出席這場神祕的宴會；隨著情節的推演，一個不為人知的妖怪關係圖譜就這麼被勾畫出來了。儘管我們不清楚在安徒生的心裡，是否有一個妖怪「家族」的完整輪廓。但是，在北歐的神話與民間傳說中，北歐的妖怪家族可是十分複雜的。除了山怪（Troll）以外，還有矮人或侏儒（Dwarf）、妖精（Elf）、地靈（Gnome）和地精（Goblin）。一般而言，這些北歐系統中的妖怪有兩個比較常見的敘述系統，兩者雖然相似但不完全對應——分別是「前托爾金系統」（Pre-Tolkien system），被許多來自歐洲各地的童話故事所使用；以及「托爾金系統」（Tolkien system），主要見於托爾金的魔戒系列小說。

宴會前的準備工作在安徒生筆下顯得活靈活現，他描述了廚房裡各種人類視為噁心的東西，但它們卻是令鬼怪們垂涎的美食；對人們來說再尋常不過的小東西，在妖精界卻有重大用途。原來這場宴會是妖精王舉辦來為自己的七個女兒們相親的，他特地從挪威邀請老地精酋長和他的兩個兒子一同到來。安徒生運用想像力，不僅把宴會描寫得熱鬧非凡，還分別介紹了妖精王女兒們令人意想不到的本領。

在妖精王對女兒們的炫耀裡，真正最有本領的無疑是第七個女兒：她會講故事，無論多少故事都說得出來。安徒生會這樣安

排，當然不只是因為他自己就是說故事的人，也確實是因為故事能讓人跳脫自己的生命，體驗更豐富精彩的世界——透過把自己投射到別的人物和角色身上，活在不一樣的生命片段裡。像著名的《一千零一夜》，就是一個說明故事魅力的好例子，內心被哀傷和忿恨佔據的波斯國王在每天清晨會殺死一名少女，輪到聰明少女山魯佐德赴死時，她總是讓自己訴說的故事停在未完結的地方，使得國王不斷延後執刑。如此情況重複了若干夜晚之後，國王不再願意殺她，因為他的內心已經被治癒了。

妖精王女兒們的才藝和個性，沒有激起地精酋長兩個兒子的任何興趣；倒是第七個女兒讓已經成為鰥夫的地精酋長怦然心動，於是他就自己向這最小的女兒求婚了。至於那兩個地精兒子，早已經到處亂跑又喝得酩酊大醉了。所以，在安徒生的想像裡，不僅萬物皆有情，就連那些傳說裡形象恐怖的鬼怪，也可以是逗趣可愛的。

07

蝴蝶

　　有隻蝴蝶想要找一個戀人，很自然地，他想要從花群裡挑出最美麗的那一朵做為他的戀人。他把她們全都瞧了一遍。每一朵花都安靜、嫻雅地坐在各自的花梗上，有著出嫁前的小姑娘應該有的儀態。只是，選擇太多了，要作出一個決定可是相當困難的。所以，蝴蝶就飛到法國人稱之為「瑪格麗特」的雛菊那裡去，他知道她能夠知曉命運。算命的過程是這樣的：戀人們把她的花瓣一片接著一片剝下，每剝下一片就問一件關於戀人的問題：「他是否真心愛我？一點點？還是很多？還是根本一點也不愛？」──或是諸如此類的一些事；誰都可以用自己的語言來詢問。所以蝴蝶也來問了，但是他不忍心把花瓣咬掉，相反地，他依次親吻每片花瓣，心想善意才是最好的對待。

　　「親愛的瑪格麗特雛菊，」他說：「妳是所有花朵中最最聰明的女士──因為妳懂得算命！請妳告訴我，我應該選擇這一個

呢，還是那一個？哪一個才是我注定要娶的對象？只要妳告訴我是哪一個，我就會直接飛到她跟前，向她求婚。」

但是瑪格麗特一個字也沒有回答。她對別人稱自己是「一個女士」可不怎麼開心，因為她明明還沒有出嫁，年輕得很。蝴蝶又再次提出了自己的問題，然後是第三次。當他還是沒能從她那裡聽見任何一句話時，他便放棄，飛走了；獨自踏上他的尋愛之旅。

這時還是初春。雪花蓮和番紅花正開得茂盛。「她們可真是迷人呢，」蝴蝶說：「是一群白白淨淨的小女生，但就是太天真了些。」因為他就像許多小夥子那樣，也喜歡年紀大一點的女孩；所以他飛到了秋牡丹那裡，但她們的味道對他來說又顯得有些過於滄桑。紫羅蘭太多愁善感，鬱金香又太放蕩了。百合花太俗氣，菩提樹開的花又太小，而且家裡的親戚也太多了。他承認蘋果花看起來有幾分像玫瑰花，但是就算她們現在盛開著，大風一刮就會被吹成一片片的，這樣子的婚姻未免也太短暫了。豌豆花是最令他動心的，她長得紅白亮麗、穠纖合度，同時也是那種能下得了廚房的居家型女孩。當他準備要向她求婚的時候，他注意到在女孩的不遠處有一個豌豆莢，在那上方還掛著一朵枯萎的花。

只要大風一刮，蘋果花就會被吹成
一片片的，這樣的婚姻未免也太短
暫了。

「那是誰？」他問。

「那是我的姊姊。」豌豆花說。

「哦，那妳以後看起來就會是那個樣子嗎？！」這可讓蝴蝶吃了一驚。他悻悻然地飛走了。

金銀花懸掛在籬笆上。這些女孩為數眾多，她們板著臉孔，臉色發黃。不，他根本就不喜歡這一型的。沒錯，但是他究竟喜歡什麼樣的？你問問他吧！

春天過去了，夏天也要結束了。已經快到秋天的時節，他卻還是沒有下定決心。現在，花兒們穿起美麗而多彩的衣裳，但是這些又有什麼用呢？清新甜美又芬芳的青春已經過去，花兒們的心也已經漸漸老去，自然連大麗花和冬青花也不會有能令蝴蝶留戀的香味。所以，蝴蝶就轉向長在地上的薄荷。

「她說起來並不算是一朵花，或者也可以說，她全身都是花，從腳底到頭頂都散發著芳香，每片葉子都有甜美的味道。是了，她就是我想要娶的了。」於是，他終於向她求婚了。

不過，薄荷卻呆立著沉默了半晌，最後開口說：「除了友情，別的我是什麼也給不了的，如果你願意接受的話。我老了，而你也上了年紀，如果可以互相作伴似乎是挺不賴的，但是結婚——不了！到我們這個年紀，還是省省吧！」

所以，蝴蝶到底還是沒有找到一個戀人，因為他畢竟猶豫得太久了。於是，蝴蝶成了一個人們口中的老單身漢。

現在已是多風多雨的深秋了。蕭瑟的寒風吹在瘦骨嶙峋的老柳樹背上，使它發出了吱吱嘎嘎的聲響。在這種天氣裡，還穿著夏季時的裝束在外頭的花叢裡穿梭，肯定是不適宜的了。所幸，蝴蝶現在不在外頭瞎逛了，他在一個偶然的機會下飛進了一間房子裡。房子裡頭的火爐正生著火，空氣就和夏天時一樣溫暖。如果待在這裡，他至少可以活下去。

「只不過，光是活下去對我來說是不夠的。」他說：「我需要有陽光、有自由，還要有一朵讓我去愛的小花！」

於是，他飛到窗格的透明玻璃上，撞來撞去引起了人們的注意。人們看著、讚嘆著；抓住他以後，把他穿在一根針上，放進了一個別緻的小古董盒裡。這是人們表示欣賞的極致表現。

「現在的我正坐在一枝花梗上，就像鮮花那樣。」蝴蝶說：「這可沒有多少樂趣；不過，被牢牢地綁住，不也就像是結了婚一樣嗎！」他用這樣的想法來寬慰自己。

「這不過是一種自欺欺人的說詞罷了。」房間裡的一株盆栽植物這樣說。

「但是，盆栽的意見又能代表什麼，」蝴蝶想：「他們和人

類走得太近了！」

故事賞析

　　結婚對許多人來說是自然而然的事，但是，對一些終身未嫁娶的人，就不見得如此了。由於無法肯定未來是否會出現更好的對象，如何挑選結婚對象這件事就對許多人構成了難題：「怎麼確定這個對象已經是最好的了呢？」——通常，「最好」也可以用「最合適自己的人」來代換。

　　不過這個問題之所以困難，其實並不在於無法理性選擇，而在於情感層面：如果一個人並沒有深愛到願意共度終身的人，或者說深愛且確信能共度終身的人，他又為什麼非得勉強自己去和另一個人共結連理呢？因為寂寞或者外在的壓力，所以他就應該盡快選擇一個合適的對象結婚？如果單憑理性去考慮什麼人值得愛、值得結婚，就難免陷入對那些對象的條件論斤估兩的計算了。

　　這個故事究竟多大程度地反映了安徒生對個人感情生涯的心境，我們無從得知，但是他在故事結尾留下了關於婚姻本質的提問。蝴蝶始終沒有找到一朵合適的花做為結婚的對象，反倒是在

最後成了標本，像花那樣供人欣賞，然後蝴蝶又以一種酸葡萄的口吻說道，婚姻也將是使人像標本那樣動彈不得。但安徒生顯然不那樣認為，因為他又藉盆栽植物的嘴巴嘲諷了蝴蝶的那番話。他可能也是想表達，如果婚姻中沒有真實的情感交流，就等於是淪為擺設用的標本了。

無論如何，愛情和婚姻不僅是人生中的奧祕，有時更是一種勇敢的嘗試、義無反顧的冒險，似乎並不存在什麼自然而然、理所當然的道理。所幸，即使經歷挫折和失敗，人還是可以不斷繼續前進。

心理學理論家佛洛姆還告訴人們，愛，包括愛情，其實是一種功課，一種學習自我內在轉化和增長的藝術，不該拿著某些客觀條件去評價一個對象是否值得去愛。因為當那些條件消失時，對那個對象的愛也將隨之開始動搖。當然，有時候也不一定必然如此，因為人總是在變化著的呀！我想，故事裡的蝴蝶所需要的只是一個充分的理由，讓他開始去愛而已。

08
野天鵝

　　每當冬天到來，燕子就會朝向遙遠的地方飛去。在那遙遠的地方，住著一個國王，他有十一個兒子和一個女兒。女兒的名字叫作艾麗莎。那十一個兄弟都是王子，他們上學的時候，每個人都會在各自的胸前配戴一個星形的徽章，在腰間掛上一把佩劍。他們用金剛石筆在金板上寫字，由於既聰明又記性好，所以能輕鬆地學好書裡的東西。人們一眼就能看出他們所擁有的血統十分高貴。他們的妹妹艾麗莎坐在一個完美無瑕的玻璃小腳凳上，她還有一本價值半個王國的圖畫書。噢，孩子們總是玩得很開心，只是，這一切並沒有永遠持續下去。

　　他們的父親，也就是這個國家的國王，娶了一位惡毒王后。她並不疼愛這些可憐的孩子們，這從他們結婚的第一天就可以看出來了。當整個宮殿舉行著盛大的慶祝宴會時，孩子們在一旁玩著招待客人的遊戲。但是，他們就連一向常吃的蛋糕和烤蘋果也

吃不到；繼母給他們的是裝著沙子的茶杯，然後對他們說，這是一種好吃的食物。

一個星期以後，王后把小艾麗莎送去鄉下的農民家裡寄住。又過了不久，王后對國王編派了許多這些可憐王子們的壞話，使得國王不願意再理他們了。

「滾到外面的世界，自己謀生去吧。」惡毒的王后對他們說：「你們就變成不會說話的大鳥飛走吧。」不過，她對他們所懷的惡意並沒有完全實現，因為他們變成了十一隻美麗的白天鵝。他們發出了奇怪的叫聲，然後飛出了宮殿的窗戶，穿過公園進入了森林。

那天清晨，王子們的妹妹艾麗莎睡在農民的屋子裡，還沒有起床。他們盤旋在屋頂上，伸長了脖子、拍動著翅膀，但卻沒有什麼人看見或聽見他們。於是，他們只好繼續上路，飛進雲霄，遠離凡塵。最後，他們來到了一片遼闊的黑暗森林裡，森林一路延伸到海邊。

可憐的小艾麗莎待在農民的小屋子裡，玩著一片綠色的葉子，因為她沒有別的玩具。她在樹葉上鑽了一個小洞，透過這個孔洞去看太陽。而看著這片葉子明亮的小洞，她彷彿可以看見哥哥們晶瑩的眼睛。每當溫暖的陽光照到她的臉頰，就會令她想起

哥哥們曾經給過她的溫馨的吻。

　　日子平淡地一天天過去。當風兒撥動著小屋外面的玫瑰樹籬時，他對這些玫瑰花低語：「還有什麼能比妳們更美嗎？」玫瑰花卻搖了搖頭，回答說：「艾麗莎！」星期日，老太太坐在屋外讀著《詩篇》，風兒翻動了書頁，對它說：「誰能比你更高貴呢？」「艾麗莎。」這本書作證，並且說自己和玫瑰花所說的都是真話。

　　艾麗莎十五歲了，該是回家去的時候了。但是，王后一見到她出落成美貌絕倫的公主，就對她心生憎惡，充滿了怨恨。對於把她也變成一隻野天鵝，就像她的兄弟們那樣，王后可是絲毫沒有半點猶豫。不過，她還不敢那樣做，因為國王非常渴望見到自己的女兒。

　　某天清晨，王后走進了浴室。這個用白色大理石砌成的浴室裡，有著柔軟的坐墊，還鋪著最華麗的地毯。她抓起三隻蛤蟆，親吻了每一隻。然後，對第一隻說：「當艾麗莎沐浴時，你就跳到她的頭頂上，她就會像你一樣遲鈍了。」

　　接著她又對第二隻說：「跳到她的額頭上，她就會變得和你一樣醜陋，那樣，她的父親也就認不出她來了。」然後，她又對著第三隻低聲地說：「你就趴在她的心口，那樣，她就會受到邪

惡慾望的詛咒和折磨。」

　　王后把三隻蛤蟆放進了清澈的浴池中，水立刻變成了綠色。
王后把艾麗莎喊進來，為她脫下了衣服，叫她進入浴池裡洗澡。
當艾麗莎踏進浴池的時候，一隻蛤蟆往上跳到她的頭髮上，並緊
緊抓住；另一隻跳到她的額頭上；第三隻則跳到艾麗莎的胸口。
但是，她似乎沒有察覺到他們；當她一起身，水面上浮起了三朵
罌粟花。如果蛤蟆沒有先被女巫王后吻過、沒有毒的話，他們本
該變成紅玫瑰的。不過，至少他們還是變成了鮮花，因為他們在
她的頭上、額頭上和胸口上待過。艾麗莎太天真、太善良了，所
以就連王后的魔法也無法對她起作用。

　　邪惡的王后注意到了這一點，於是她在艾麗莎身體塗上核桃
汁，把她變成了深褐色。又拿出一種發臭的藥膏抹在她美麗的臉
龐，把她漂亮的頭髮弄得糾結成一團。這時，沒有人能夠認出她
是美麗的艾麗莎了。就連她的父親看見她時，也感到吃驚不已，
連聲說這不可能是他的女兒。沒有人認識她了，除了那隻看門的
狗和燕子們，而他們也只是不能說話的可憐動物。

　　可憐的艾麗莎哭了起來，她想起自己的十一個哥哥，只是他
們全都走了。心情沉重的她，悄悄地從王宮離開。她穿過田野，
在沼澤間走了一整天，直到來到一座廣闊的森林。她感到前途茫

茫，不知道自己到底該走向何方，只覺得心中有萬分的悲傷。她渴望與哥哥們在一起，想到他們一定也像自己這樣，被趕到了這片茫茫的大地。此時，她下定決心無論如何一定要找到他們。她剛到森林以後不久，夜幕就落了下來。她迷失了方向，找不到任何大路或小徑的軌跡。於是，她唸了禱詞，然後就在一塊柔軟的青苔上躺下來，把頭枕在一棵樹椿上。周圍顯得十分寂靜，空氣的氣味如此清淡，有數以百計的螢火蟲閃爍著青綠色的火光，在草地和苔蘚裡來回穿梭。當她伸手輕輕地搖動一根樹枝，這些閃著亮光的小蟲便紛紛飄向她，如同灑落的繁星。

　　她整夜夢著和哥哥們在一塊兒的情景。他們又重回到孩提時代，一起玩耍，用金剛石筆在金板上寫字，讀著那本價值半個王國的圖畫書。但是他們不再像過去那樣只是寫數字和畫線條，而是記下他們所做過的一些勇敢事跡，和那些曾經看過或聽過的值得歌頌的事。而那本圖畫書中的一切，也都有了生命，鳥兒活生生地在唱歌，人物從圖畫書裡走出來與艾麗莎和她的哥哥們說話。不過，每當翻到另一頁，被翻過去的角色就會立刻跳回原處，不讓書裡的次序和位置混亂。

　　當她醒來的時候，太陽已經升得很高了。她無法看清楚太陽，因為森林裡的許多高大樹木在她的頭頂上展開了糾結的樹

枝，但是穿過枝葉縫隙落下的光線就像是閃閃發光的金色薄霧。綠色的樹葉散發出一股令人喜悅的芬芳，鳥兒們向她飛近，想要棲息到她的肩膀。她聽見山泉湍急的流水聲，它們全都流進了一個鋪著美麗細沙的湖裡。儘管它被稠密的灌木叢圍了起來，但是仍然有一處被雄鹿撞開了一道足夠寬的缺口，艾麗莎就是穿過這裡走到了湖邊。湖水是如此清澈，樹枝和灌木叢要不是因為被風兒吹得左右搖動，它們還真像極了被印在水面上的油畫，因為每一片葉子，無論陽光有沒有照射它，都被清晰地反映出來了。

當艾麗莎從水面的倒影裡看見了自己的模樣，她驚恐地發現自己變得又黑又醜。不過，當她把小手浸濕，擦了擦眼睛和前額周圍，她白皙的皮膚就顯現出來了。然後，她脫下衣服放在一旁，跳進了湖水裡。在這世界上，沒有哪個國王的女兒像艾麗莎這般美麗動人。當她穿上自己的衣服，梳理好那一頭長髮以後，便走向一股噴湧的泉水，用雙手掬了些水喝。隨後，她又繼續向森林的另一端前行，只是不知道自己將會走到什麼地方去。她想起了哥哥們，又想起了那位永遠不會離棄自己的仁慈上帝。上帝讓野蘋果生長，好餵飽那些飢餓的人；祂現在就把她的腳步引導到一株被纍纍結實壓彎了枝椏的果樹旁。她在這裡享用了午餐，又在果樹沉重的枝椏底下放了幾根支撐的樹枝，然後繼續走向森

林的深處。四周非常寂靜，所以她只聽得見自己的腳步聲，和腳下枯葉子的碎裂聲。這裡看不見任何鳥兒，也沒有一絲陽光能穿透上方茂密的樹枝；那些高大的樹木如此緊密地生長著，以至於當她向前望去時，好像有一道高高的籬笆將她牢牢地圍住。她感覺到從未有過的孤寂。

夜幕再次低垂，一片漆黑。在草葉之間連一隻螢火蟲的亮光也沒有；艾麗莎非常沮喪地躺了下來。過了一會兒，她彷彿感覺到樹枝在她的頭頂上分開來，上帝正以慈愛的眼光凝望著她，還有許多小天使們也從祂的頭上和背後悄悄地瞧著。

第二天早晨醒來的時候，她竟分不清是自己曾經夢見，還是真的發生過那些事。她又向前走了一段路以後，遇見了一位挽著一籃漿果的老婆婆，她給了艾麗莎幾個漿果。艾麗莎問她有沒有看見過十一位王子騎著馬兒穿過這片森林？

「沒有，」老婆婆說：「不過，我昨天倒是看見了十一隻戴著金冠的野天鵝，他們就在離這裡不遠的河裡游泳呢。」

接著，她就領著艾麗莎走了一段斜坡路，來到一個小丘上。小丘的下方有一條蜿蜒的小河；小河兩岸的樹木讓自己茂密的枝葉生長，越過河面、彼此交纏。在某些河面太寬、樹枝無法伸向對岸的地方，它們就讓樹根透過底下的土壤，探到河流的對岸

去，直到和對岸的樹根相遇。伊麗莎向老太太道別後，就獨自一人沿著河流向下走，一直來到了寬闊的入海口。

到了這裡，展現在女孩眼前的是一整片美麗的海洋；只是海面上卻看不見一張帆，連一隻小船也沒有。

她要怎麼繼續往前走呢？她看著海灘上數不盡的小鵝卵石，注意到海水已經把它們沖洗得光潔圓滑了。玻璃、鐵礦石、大小石塊，所有被沖到這裡的東西，都被海水打磨成新的樣貌，甚至比她那雙手還要光滑、細嫩。

「它不知疲倦地流動，這就是它使所有堅硬的東西變得柔軟的方式了。」她說：「我也該像那樣不畏艱難險阻。您──變幻不定的清澈水波呀，謝謝您給我的教訓。我的心告訴我說，有一天您將會引導我去到我親愛的哥哥們身邊。」

在伴隨海浪送到岸邊的濕海草之間，她發現了十一根白色的天鵝羽毛。她撿起它們，扎成一小束。那上面還帶著水滴呢──究竟是露水，或者是眼淚，誰也無從得知。海岸邊是如此孤寂，但是她並不在意，因為海洋正在不斷變化著。實際上，它幾個小時內所起的變化，比那些美麗湖泊一年當中的變化還要多呢。當天空的烏雲飄過來堆積在一處時，就好像是大海在說：「我也可以看起來猙獰無比呢！」於是強風大作，波浪也升起了它白色的

峰尖。不過，當風逐漸止息下來以後，雲間露出紅色的霞光，大海看起來又像是玫瑰的花瓣。

大海時而呈現白色，時而呈現綠色；只是，無論它看起來多麼平靜，海濱總有往復不止的輕柔拍擊。海面寧靜而規律地起起伏伏，就像是一個熟睡嬰孩的胸脯。

就在日頭即將落下的片刻，艾麗莎仰頭看見了十一隻頭上戴著金冠的白色天鵝朝著岸邊飛來。當他們一隻接著一隻掠過天際，那飛翔的姿態看起來就像是一條飄浮在空中的白色緞帶。艾麗莎爬上陡峭的海岸，藏身在灌木叢的後面。天鵝們緩緩地在那附近落了下來，紛紛拍動著各自華麗的白色翅膀。

等到太陽降到海面下之後，這些天鵝的翅膀就立刻脫落了，十一位英俊的王子陡然現身。他們正是她的哥哥們，雖然他們的模樣已經和以前大不相同，但是她心裡明白自己是不會認錯的。她情不自禁地喊出聲來，並且衝進他們的懷抱，分別叫出了他們每個人的名字。而王子們也立刻就認出她就是他們的小妹妹，感到欣喜無比，因為她已經出落得亭亭玉立、貌美如花了。他們一會兒大笑，一會兒又傷心地啜泣。很快地，他們就知道了彼此後來的遭遇，也了解到繼母對待他們的手段是多麼地殘酷。

最大的那位兄長說：「只要太陽還掛在天上，我們眾兄弟就

會化身成野天鵝，奮力地振翅飛行。不過，當它一落下，我們就會恢復成人的形體。所以，我們必須在日落以前找到一個能夠棲身的地方，因為如果那時我們還在雲層裡飛翔的話，就會變回人形，墜落到地面上來。

「我們並不住在這個海岸。在大海的另一頭，有個和這裡一樣優美的地方；只是它遠在天邊，所以我們必須飛越過廣闊的海洋才能抵達那裡。在我們前往那裡的路途上，沒有一座島可以讓我們駐足過夜，除了一塊冒出海面的礁石以外，而它幾乎沒有足夠大的地方可供我們站立，所以我們要緊靠在一起。如果有時海濤格外地洶湧，浪花就會將我們淋濕，但是，我們仍然為擁有這塊礁石而感謝上帝。

「我們會以人類的模樣在那裡過夜休息。要是沒有它，我們就永遠不能再見到自己親愛的家園了，因為這樣飛渡海洋的旅途需要花去一年中最長的兩天。我們一年只能回到祖國來一次，但卻不准逗留十一天以上。在這段時間裡，我們會在飛過那片森林時，看一看我們出生的地方和父親居住的宮殿。我們還可以看見教堂最高的塔樓，而我們親愛的母親就埋葬在那兒。在這裡，就連樹林和灌木叢都顯得與我們無比親近；野馬在原野上奔跑，就像我們孩提時看見過的那樣；燃燒炭火的人唱起古老的歌謠，我

們小時候也曾經隨著那些歌曲的拍子跳起舞來。這裡就是我們的祖國，它以奇妙的力量把我們引回它的懷抱；而在這裡，親愛的妹妹，我們也找到了妳。我們還可以在這裡再逗留兩天，然後就得橫越過海洋，飛到那個美麗的地方；只是那並不是屬於我們自己的國度。我們該怎樣才能帶妳一起走呢？因為我們既無大船，就連小船也沒有。」

　　「我該怎樣才能讓你們自由呢？」他們的妹妹問。為這件事他們幾乎商量了一整夜，只剩下短短的幾個鐘頭可睡。

　　到了早晨，艾麗莎被頭頂上傳來的沙沙聲給喚醒了。原來是她的哥哥們又變成了天鵝的模樣，在她的上空拍動翅膀，圍繞著大圈盤旋著，然後飛得不見了蹤影。不過，他們當中最小的弟弟留下來和她待在一起。他把頭枕在她的胸前，讓她撫摸自己的翅膀。他們兩個一起度過了一整天，直到夜晚降臨，其他的哥哥們才紛紛返回。太陽落下以後，他們又各自恢復了自己的模樣。

　　「明天，」她的一個哥哥說：「我們就要飛走了，會有整整一年的時間，我們不敢再回到這裡來。但是，我們不願意就這樣把妳留在這兒。妳有勇氣跟我們一塊走嗎？既然我們的臂膀強壯得足以抱著妳走過森林，我們的翅膀也肯定能夠帶著妳飛過大海。」「是的，帶著我一起飛走吧。」艾麗莎說。

他們花了整整一夜的時間，用柔軟的柳樹皮和堅韌的蘆葦編製出一張網子，盡可能讓它又寬闊又結實。艾麗莎躺進了網子裡，當太陽再度升起，她的哥哥們又變成了天鵝。他們用嘴啣起了這張大網，帶著他們已經睡著了的妹妹，緩緩地離開了地面，高高飛進雲層裡。當太陽光直射在她的臉頰時，一隻天鵝就飛到她的正上方，用寬大的翅膀為她遮住刺眼的光線。

當艾麗莎醒過來的時候，他們已經飛離陸地很遠了。艾麗莎心想自己一定是還在做夢，因為她正高高地飄浮在海洋上的天空中，這是多麼奇特的感覺呀！在她身邊有一根結滿美麗熟漿果的枝條，還有一束甜味的草根。這是她那個最小的哥哥為她採集來放在她身邊的，而且她知道為她貼心地遮住陽光的一定也是他。所以，她對他發出了一個會心而感激的微笑。

他們飛得是那麼地高，在他們下方出現的第一艘船，看起來就像是一隻漂浮在水面上的海鷗。在他們背後捲起的大片雲朵，就像一座山那樣巨大。在那上面，艾麗莎看見自己和十一隻天鵝所投射出的陰影龐大無比。眼前的一切構成了一幅輝煌的畫作，比她曾經看過的都要美麗許多。只是，隨著太陽逐漸高高升起，雲層散去，那幅陰影的圖畫也就消失了。

一整天，他們像箭矢那樣在空中穿梭，但是他們飛行的速

一整天，他們像箭矢那樣在空中穿梭。

度比起平時慢了許多，因為這次還帶了他們的妹妹。夜幕降臨，風暴也正在形成。艾麗莎懷著焦急的心情盯著下沉的太陽，因為大海中那塊獨自裸露出的礁石依然不見蹤影。她似乎也能感覺得到天鵝們更加奮力地在空中揮動著翅膀。唉，她很自責，全是因為自己才害得他們飛得不夠快。一旦太陽落下，他們就會恢復成人形，也就全都會墜落到大海裡淹死了。於是，她發自內心深處向上帝祈禱，只是仍然還沒有看見礁石。陣陣狂風預示著風暴即將來襲，動魄驚心的烏雲堆成了巨大的狂潮，如鉛塊一般向他們滾落下來，而雲中有一道又一道的閃電好像在追趕他們，不斷在後方劈砍。現在，太陽已經貼近海平面了。當天鵝向下疾飛，速度快得讓艾麗莎以為自己正在墜落，也讓她的心臟狂跳不已。終於，當她第一次在他們的下方看見石子大小的東西時，已經有半顆太陽沉到海裡了；剩餘的太陽看起來簡直不比一個伸出水面的海豹頭更大。太陽下沉得更快了，現在它已經不比一顆星星大了；所幸，此刻她的腳已經踏到地面上了。太陽就像一張紙片燃燒後殘存的一點星火，最終完全熄滅了。她看見哥哥們手挽著手站在她的身旁，只是，除了他們和她自己所踏足的地方以外，已經不剩一點多餘的空間了。海浪拍擊著岩石，濺起無數水花沖淋在他們身上。天空不止息地閃爍著電光火焰和怒吼的巨雷。但

是，兄妹們仍然緊緊握著彼此的手唱了一首讚美詩，這使他們得到了慰藉和勇氣。

黎明時分，天空顯得清澈而寧靜。太陽一升起，天鵝們就從礁石動身，帶著艾麗莎一起飛走了。儘管海浪依舊澎湃洶湧，但是當他們從翱翔的高空向下俯瞰時，那些浮在藍色波濤上的白色泡沫，就像是百萬隻游水中的白天鵝。

當太陽升得更高的時候，艾麗莎看見了前方有一排高山，高山的上端彷彿飄浮在空中。那些的山峰覆蓋著閃閃發光的冰雪；而當中還聳立著一座長達一英里的城堡，裡頭豎立著一排又一排宏偉的圓柱。在城堡的周圍，有一大片棕櫚樹搖曳生姿，又有像磨坊輪那樣大的花朵燦爛地盛開。她問，這是不是他們將要前往的那塊土地，但天鵝們搖了搖頭，因為她所看到的只不過是仙女摩根娜（Fata Morgana）輝煌而變幻莫測的雲中宮殿。沒有任何塵世的凡人膽敢走到那裡面。艾麗莎凝視著它，忽然之間，在她眼前的山嶽、森林和城堡全都消失了；在原來的位置上出現了二十座壯麗的教堂，有高塔和尖頂的窗子。艾麗莎彷彿聽見了教堂管風琴的樂音，但那其實只是海濤滾滾的呼嘯聲。當他們更加靠近這些教堂時，它們卻又變成了一列船隊在下方航行；但是當她定睛再看時，一切原來只是一陣掠過海面的煙霧。

眼前的景色一幕接著一幕迅速移轉，艾麗莎終於看見了他們真正要去的國境了。那裡有藍色的群山、繁茂的雪松林，還有散佈其間的城市和宮殿。早在日落以前，他們就已經在山腰上一個巨大的洞穴前著陸。山洞上鋪滿了綠色的藤蔓，精緻得像是錦織的掛毯。

「妳今晚會在這兒夢見什麼呢？我們很好奇。」當她最小的哥哥把床的位置指給她看的時候那麼問。

「我所希望夢見的，只有如何讓你們重獲自由。」她說。

這個念頭完全佔據了她的心思和意念，她非常懇切地祈求上帝給予她幫助。就連在睡夢之中，她也不斷殷勤地祈禱著。恍惚之間，她好像飄浮到高空中，向著仙女摩根娜的雲中宮殿飛去。出來迎接她的那位仙女貌美無比，全身散發出光輝。她看起來似乎有幾分肖似那位在森林裡給她漿果吃、並且告訴她戴著金冠的天鵝們在哪裡的老婆婆。

「妳的哥哥們是可以被從魔法中解救出來的，但問題是，妳有沒有勇氣和毅力去拯救他們呢？」仙女說：「海水確實比妳細嫩的手柔軟許多，卻能將堅硬的石頭改變形狀，但是它沒有手指，無法感受妳所能感覺得到的那些疼痛；它也沒有心，無法感覺妳所必須忍受的那些憂慮和悲傷。妳看見我手中這些帶刺的蕁

麻了嗎？在妳所安睡的洞穴周圍就生長著許多這樣的蕁麻；只有那些，還有長在教堂墳墓裡的才管用——千萬記得！妳必須把它們採集起來，儘管它們會將妳的手燒出許多水泡。唯有用腳把蕁麻踩爛了，才能從它們裡頭抽出麻線。接著，妳還必須將它們紡織成十一件長袖的甲衣。一旦妳把這些東西扔到那十一隻天鵝身上，它們的咒語就會被打破，但請牢記這一點！從妳承擔這個任務起，直到任務完成，即使過程持續了很多年，妳都不可說話。妳所說出的第一句話會插進妳兄弟們的心臟，像一把致命的利刃。他們的生命就懸在妳的舌頭底下了。千萬要記住我對妳說的每一句話呀！」

仙女說完那些話，就用灼熱得像火炭的蕁麻觸碰艾麗莎的手，把她給痛醒了。這時天色已經大亮，在她的床榻附近長出了幾株蕁麻，就像她在夢中所見到的那樣。她跪下來感謝上帝，接著便走出洞穴開始進行這項艱鉅的工作。

她用細嫩的雙手拔出了像火一樣灼熱的可怕蕁麻。她的手掌和手臂上被燒出了許多大大的水泡，但是她卻甘心樂意地忍受這些，因為她滿心懷著能釋放她親愛哥哥們的希望。她光著腳把每一株蕁麻踩扁，然後把抽出的綠色麻線加以編織。

日落之後，哥哥們回來了，他們驚恐地發現她無法說話了。

他們深怕這又是那個邪惡繼母所施展的新魔咒；但是，當他們看到她的手時，就立刻明白她是在做一件能拯救他們的事。最年輕的那個哥哥哭了；而他的眼淚，無論滴落在艾麗莎的哪個地方，那裡的水泡就消失了，也不再疼痛。

整個晚上她都在辛勤地工作著。除非那些親愛的哥哥們被從魔咒裡解救出來，否則她是不願休息的。到了第二天，當天鵝們離開之後，她獨自一人坐在那裡工作，時間從來沒有流逝得這麼快過。第一件甲衣終於完成了，她馬上開始編織第二件。

這個時候，從山邊忽然傳來了打獵的號角聲。這可把她給嚇壞了，因為聲音愈來愈近，而且她還聽見了獵犬的吠叫聲。於是，她驚恐萬分地跑進洞穴裡，把那些採集來的蕁麻捆成一堆，坐在它的上面。

可是一條大狗還是快速地從叢林裡竄了出來，緊接著後面又出現了另一條大狗。這些狗兒一邊跑來跑去、東聞西嗅，又一邊大聲地吠叫著。幾分鐘之後，所有的獵人都來到了洞穴前。在他們之中，最英俊的一位男士就是這個國家的國王，他忽然出現在艾麗莎的面前。他從來沒有看見過這麼美貌絕倫的女孩。「我可愛的女孩，」他說：「妳是怎麼來到這裡的呀？」

艾麗莎搖了搖頭，她一個字都不敢說出口。因為她哥哥們的

生命和自由全都繫於她的嘴。她還把手藏在自己的圍裙裡，不讓國王看見她所遭受的痛苦。

「跟我來吧，」他對她說：「妳可不能再待在這裡。如果妳的內心就像妳的外貌那樣美好，我要給妳穿上絲綢和天鵝絨；在妳的頭頂戴上一頂金色的王冠，讓妳住進我最華麗的宮殿裡。」

他把她抱上了他的寶馬。當艾麗莎哭泣並扭著自己雙手的時候，國王對她：「我唯一的希望就是使妳快樂，總有一天妳會感激我這麼做的。」國王讓艾麗莎坐在自己的身前，其他的獵手們都在後面跟著。他就這樣帶著艾麗莎，騎著馬馳騁過山間。

到了日頭將要落下的時刻，他們抵達了一個壯麗的城市；那些高聳的教堂和金碧輝煌的圓頂，一一出現在他們的眼前。國王領著艾麗莎進到自己的宮殿──那裡有華美的大理石廳堂，裡頭還有巨大的噴泉，連牆壁和天花板上都裝飾著巧奪天工的繪畫。只是她沒有心情去欣賞這些燦爛奪目的東西。她唯一的反應只是傷心地哭泣。她漠不關心地讓宮女們為自己穿上華麗的衣裙，在長髮上戴上一串串珍珠，又在她起水泡的手指套上柔軟的手套。

盛裝後的她站立在那裡，美麗得令人目眩，宮廷裡的所有人在她面前都不禁深深地彎下腰來。國王選定她做為自己的新娘，儘管大主教搖了搖頭，低聲地說，這個可愛的林中女孩一定是個

女巫；只是她讓人們的眼睛全都瞎了，還偷走了國王的心。

　　但是國王並不聽信他的話。他下令把音樂奏響，以珍貴的佳餚待客，安排最漂亮的仕女為艾麗莎跳舞。國王自己則牽著她翩然現身，他們穿越過芬芳的花園，走進了華麗的大廳，只是並沒有什麼能讓她的臉龐發出微笑，或是令她的眼睛發出亮光，因為悲傷已經在它們之上留下了印記。國王隨後為她打開了臥室旁邊的小房間，房間裡佈滿了燦爛的綠色掛毯，就像當初他找到她時的那個洞穴。地板上擺放著她要抽出麻線的蕁麻捆，從天花板還垂掛著她已經織好的那件甲衣。這些全是當時同行的一位獵人出於好奇心從洞穴裡搬回來的。

　　「這裡可以讓妳在夢中重回到岩洞的老家，」國王說：「這些就是妳在那裡所做的工作，儘管妳現在已經擁有數不盡的珍奇寶物；但是回憶過去，也許能帶給妳一些喜悅。」

　　當艾麗莎看到這些對她來說如此寶貴的事物時，她的嘴唇立刻綻放出微笑，鮮紅的血色又重回她的臉頰。那個釋放哥哥們的希望又重新燃起了，她情不自禁地親吻了國王的手。而他則把她摟進胸口，並且下令敲響所有的教堂鐘聲以宣告他們的婚禮。這個來自森林、美麗又嫻靜的女孩，將成為這個國家的王后。

　　儘管大主教又在國王的耳邊低聲說了許多詆毀艾麗莎的話，

但這些話並沒有影響他的決定。婚禮如期舉行了，而大主教也不得不親自把王冠戴到艾麗莎的頭上。出於惡毒和藐視的心理，他刻意把狹小的帽箍緊緊地按在她的額頭上，想令她生疼。只是，這時有更沉重的箍子罩在她的心頭，那就是她為哥哥們所感受到的悲傷，而這使她幾乎感覺不到任何肉體上的傷害。她口不能言，因為只要說出一個字就足以令她的哥哥們喪命；但是，她的眼睛裡閃耀著對那位善良而英俊的國王的愛慕。她對他的愛每一天都不斷地滋長。噢，她多麼希望能夠全然信任他，將所有傷心事全都向他傾吐，然而，她卻只能保持緘默，而且只能獨自一個人完成那件任務。所以，每到夜晚，她就會悄悄地從他的身邊離開，進到那個類似洞穴的小房間裡，在那裡一件接著一件地編織甲衣。可是，當她要編織第七件甲衣的時候，卻已經沒有足夠的蕁麻來完成它了。

她知道教堂的墓地裡長著她所需要的蕁麻，而且必須親自去採。但是，她怎麼才能去到那裡呢？

「噢，和我心中所感受到的痛苦相比，手上的那一點疼痛又算什麼呢！」她想：「我必須冒險前去，慈愛的上帝是不會棄我於不顧的。」

艾麗莎害怕得全身發顫，像是在做什麼壞事似的。她躡手

她被人從金碧輝煌的寢宮帶出，投進了一處黑暗潮濕的地牢，冰冷的寒風在地牢的欄杆之間來回呼嘯。她再也沒有華麗的絲綢和天鵝絨可穿了；人們要她拿採集來的一堆蕁麻當作枕頭，拿她親手編織的那一堆又粗又硬的甲衣當作被子蓋。但是，沒有什麼東西比這些更讓她高興的了。

　　她決定繼續工作並且不住地祈禱。在監獄外面，街道上的小男孩唱起了嘲笑她的歌謠，沒有任何人說出一句善意的話來寬慰她的心。

　　到了這一天晚上，她聽見窗外傳來了天鵝拍動翅膀的沙沙聲響。原來是她最小的哥哥終於找到她這個妹妹了。她興奮地哽咽了起來。雖然她知道這個夜晚很可能就是自己活著的最後一晚，但是她的任務幾乎就要完成了，而她的哥哥們也都來到了自己身邊。

　　就在她生命被終結前的幾個小時，大主教來了，因為他答應國王要為她作懺悔的祈禱。但是她只是搖了搖頭，用表情和手勢請求大主教離開。這是她必須完成任務的最後一個晚上，否則這一切的一切，她的痛苦，她的眼淚，以及那些無眠的夜晚，就全都徒勞枉費了。大主教忿忿不平地離開了，只留下幾句惡毒和咒罵的言語。可憐的艾麗莎知道自己是無辜的，只是她必須加緊完

成自己的任務。

小老鼠在地上跑來跑去，不斷把蕁麻拖到她的腳邊，盡他的力量來幫助她。還有一隻畫眉鳥蹲坐在窗邊的欄杆上，整晚為她唱著動聽的曲子，好為她鼓舞打氣。

凌晨之際，也就是在日出前一小時，十一個哥哥來到宮殿的門口，請求晉見國王。守衛告訴他們這是不可能的，因為現在還是晚上，不可能貿然吵醒還在睡覺的國王。他們時而乞求，時而大聲威脅，鬧得最後國王侍從出來了，甚至連國王也起了身，要親自出來看看這陣吵鬧聲是怎麼回事。但是，太陽就在這時升起了，十一個兄弟忽然消失，只見十一隻天鵝從宮殿的屋頂上振翅飛過。

城市裡的所有居民就像潮水那樣向城門口湧來，想要親眼看看女巫被燒死的情況。一匹又老又瘦的馬拉著艾麗莎所在的那輛囚車，人們給她穿上了粗麻布，她那頭秀麗的長髮披散在肩頭上，雙頰已經完全失去了血色，嘴唇微微地顫動、默念著禱詞，而她的手指仍在忙著編織綠色的蕁麻。即使是在前去赴死的路途上，也沒能阻止她繼續完成手上的工作。她腳邊已經有了十件甲衣，現在就要完成第十一件了。「看看這個女巫嘴上在叨念著什麼呢，」群眾們嘲笑她：「什麼，她的手裡居然沒有《聖詩

集》？不會吧，她還坐在那裡，擺弄著那些邪惡的妖物呢！快把它們從她身邊拿開，然後撕得粉碎吧！」

　　一大夥群眾湧上前去要把她手上的東西全都毀掉。他們還沒有碰到她，就有十一隻白天鵝從天而降，天鵝圍繞著囚車，拍動著寬大的翅膀，使得狂熱的暴民們驚嚇地往後退了好幾步。

　　「這可是上天降下來的訊息呀，只怕她是清白的呢。」許多人低聲地這樣說。不過沒有人敢當眾大聲說出來。

　　當劊子手上前去要把她從囚車上拉下來的時候，她立刻把十一件甲衣朝著天鵝們扔了過去；此刻，他們變身成了十一位英俊的王子。只是最小的那位還留著一隻天鵝的翅膀沒有變回手臂；原來是最後的那件甲衣還少了一隻袖子，艾麗莎沒能完成它。

　　「現在，」她喊道：「我可以開口了，我是無辜的！」

　　所有看見這一幕的人們，都像是來到了聖人面前那樣，對她低下了頭。然而，這些壓迫、疼痛和苦難對她來說實在是太多太多了；她精疲力竭地將自己投進了哥哥們的懷抱裡，彷彿她的整個生命已經從自己身上流逝殆盡了。

　　「她確實是無辜的！」她最年長的大哥喊道，然後把發生的一切經過全都告訴了所有人。就在他說話的時候，百萬朵玫瑰的

香氣逐漸瀰漫在空氣中，因為人們原來堆聚起來要燒死她的每一塊木頭都生出了根，冒出了翠綠的枝葉，從當中聳立起一道高高的樹籬，而上面長滿了芬芳的紅色玫瑰。在那最頂端，盛開著一朵白色鮮花，就像明亮的星星那樣發射出耀眼的光輝。國王親自把它摘了下來別在艾麗莎的胸前。她甦醒過來，心中充滿了安寧和幸福。

所有教堂的鐘聲都在此時自行奏響了起來，鳥兒們悠悠翱翔在天際。走回宮殿去的這群人宛如一個盛大的婚禮隊伍，以前從未有任何國王擁有過那樣的喜樂。

故事賞析

這則精彩的童話主要是在描寫親情。某個王國的國王有十一個兒子和一個女兒，他們原本擁有幸福的家庭生活，但一切都因為國王娶了新王后而發生改變。這位王后不知為何惡毒地苛待這些王子和公主艾麗莎，她先是把艾麗莎送到鄉下的農家去生活，甚至還施咒將王子們變成了白天鵝。至於國王，似乎因為新王后而變得昏聵，不再關注他那些兒女的下落和命運。艾麗莎與老國王和新王后之間的親情與她和哥哥們的親情，形成了強烈的對

比。艾麗莎長大後從農家回到皇宮，後來卻還是選擇出走，可見她的內心有多麼悲傷和失望。

艾麗莎在偶遇老婆婆的指引下，找到了十一位哥哥。他們想帶著艾麗莎回到在一年中長住的地方。那張用柔軟的柳樹皮和堅韌的蘆葦編製出的網子，是個哥哥們願意盡力守護艾麗莎的象徵。而艾麗莎也同樣心心念念地想要為哥哥們解除身上的咒語，所以仙女才會出現在夢中為她指點迷津：以蕁麻編織成十一件甲衣。這個考驗萬分艱鉅，不只是因為蕁麻的汁液能灼傷人的皮膚，更是因為在漫長的過程中她不能開口說話。

這個故事與北歐民間故事〈拉西和她的教母〉最重要的情節有幾分相似。拉西同樣被處罰不能開口說話，也同樣嫁給了一位王室成員——王子。拉西的教母為了進一步考驗她，不僅偷去她生下的三個小孩，還在所有人都陷入沉睡之時，割破寶寶的手指，將血抹在拉西的嘴上，讓人也同樣誤以為拉西是女巫而要將她燒死。直到最後教母帶著她的三個小孩現身，表示拉西已經得到足夠的懲罰，她才恢復了說話的能力，重獲王室的寵愛和家庭的幸福。

另外，無法或不願開口自辯的情況，其實也出現在基督宗教教義中，那是耶穌自己非常重要的特質。舊約《聖經》〈以賽亞

書〉裡頭對彌賽亞的預表，就特別指出這一點：「他被欺壓，在受苦的時候卻不開口。他像羊羔被牽到宰殺之地，又像羊在剪毛的人手下無聲，他也是這樣不開口。」〈以賽亞書53：7〉這個默默忍受苦難嚴厲考驗的形象，可以說是深植在西方文化之中。故事裡的艾麗莎無疑也是承受了相似的對信仰的考驗。

安徒生故事選（一）
冰雪女王及其他故事【名家插畫版】
Fairy Tales by Hans Christian Andersen Illustrated by Harry Clarke

作　　　者	安徒生原著
編　　譯	劉夏泱
插　　畫	哈利・克拉克（Harry Clarke）
內頁設計	呂德芬
封面設計	萬勝安
責任編輯	鄭襄憶
校　　對	陳正益
行銷業務	郭其彬、王綬晨、邱紹溢
行銷企畫	陳雅雯、張瓊瑜、余一霞、汪佳穎
副總編輯	張海靜
總 編 輯	王思迅
發 行 人	蘇拾平
出　　版	如果出版
發　　行	大雁出版基地
	地址　台北市松山區復興北路 333 號 11 樓之 4
	電話 02-2718-2001
	傳真 02-2718-1258
	讀者傳真服務 02-2718-1258
	讀者服務信箱 E-mail andbooks@andbooks.com.tw
	劃撥帳號 19983379
	戶名 大雁文化事業股份有限公司
出版日期	2018 年 12 月初版
定　　價	399 元
I S B N	978-957-8567-04-7

歡迎光臨大雁出版基地官網
www.andbooks.com.tw
訂閱電子報並填寫回函卡

國家圖書館出版品預行編目（CIP）資料

安徒生故事選 . 一：冰雪女王及其他故事 / 安徒
生原著；哈利 . 克拉克 (Harry Clarke) 繪圖；劉夏
泱編譯 . – 初版 . – 臺北市：如果出版：大雁出
版基地發行 , 2018.12
　　面；　公分
名家插畫版
譯自：Fairy tales by Hans Christian Andersen
ISBN 978-957-8567-04-7(平裝)

881.559　　　　　　　　　　　107021121